KB109364

상처 없는 계절

상처 없는 계절

상처의 시간들이 지나가고
그림자가 빛이 되던 순간
모든 흔적은 이야기가 되었다

신유진 산문

마음산책

상처 없는 계절

1판 1쇄 발행 2024년 1월 30일
1판 2쇄 발행 2024년 3월 5일

지은이 | 신유진
펴낸이 | 정은숙
펴낸곳 | 마음산책

편집 | 성혜현 · 박선우 · 김수경 · 나한비 · 이동근
디자인 | 최정윤 · 오세라 · 한우리
마케팅 | 권혁준 · 김은비 · 최예린
경영지원 | 박지혜

등록 | 2000년 7월 28일(제2000-000237호)
주소 | (우 04043) 서울시 마포구 잔다리로3안길 20
전화 | 대표 362-1452 편집 362-1451 팩스 | 362-1455
홈페이지 | www.maumsan.com
블로그 | blog.naver.com/maumsanchaek
트위터 | twitter.com/maumsanchaek
페이스북 | facebook.com/maumsan
인스타그램 | instagram.com/maumsanchaek
전자우편 | maum@maumsan.com

ISBN 978-89-6090-864-2 03810

* 책값은 뒤표지에 있습니다.

부서졌으나 아주 망가지지는 않겠다는 각오로,
상처 입었으나 병들어 죽지 않을 마음으로,
오래 가난하지 않을 희망으로.

계절 인사

편지를 쓸 때면 늘 계절 인사로 이야기를 시작한다. '드디어 봄이네요!' '여름을 좋아합니다' '가을처럼 아름다운 계절이 또 있을까요?' '겨울의 시작입니다' 같은 인사들. 형식적으로 하는 말이 아니다. 편지가 당도할 곳에 내가 전하고 싶은 것은 내가 가진 가장 아름다운 것, 바로 지금의 계절이기 때문이다. 이 글을 쓰는 순간에도 당신에게 계절 인사를 건네고 싶다.

이렇게 시작하는 편지를 써볼까?

'겨울입니다. 눈이 오네요.'

겨울이다. 눈이 왔다. 두꺼운 옷을 챙겨 입고 길을 나섰다. 이른 아침, 시골 마을에 눈이 소복이 쌓였다. 사람이나 차가 지나간 흔적은 없고, 고라니로 추정되는 발자국만 남아 있다. 얼마나 고요하던지. 그런데 그 고요라는 것, 그런 것은 어떻게 전해야 할까? 옆에서 나란히 걷는 사람의 숨소리와 강아지의 작은 네 발이 뽀드득 눈 위로 미끄러지는 소리, 나무가 가지의 무게를 이기지 못하고 쌓인 눈을 툭 털어내는 소리, 야생동물이 재빠르게 몸을 움직이는 소리, 그리고 눈 덮인 세상을 가득 채우는 그 생명의 소리들이 한순간 움직임을 멈추고, 숨을 참으며 서로에게 귀 기울일 때 찾아오는 그 찰나의 고요를 어떻게 설명할 수 있을까. 행여 고요를 말하다가 고요를 깨뜨리는 것은 아닌지……. 나는 지금 고요를 말하는 법, 당신에게 겨울을 전하는 법을 생각하며 걷는다.

'거기, 눈이 오나요?'

묻고 싶은 마음을 꾹 참아본다. 너무 성급하게 건네는 인사는 서로를 어색하게 만들 수 있으니까. 나는 겨울에 관한 세 가지 이야기를 모을 때까지 침묵을 지키려 한다. 세 가지 이야기가 모두 모이면, 그때 계절 인사와 나의 이야기를 전할 생각이다. 내게는 그런 것을 주고 싶은 사람이 있다. 나는 그를 '거기'에 있는 사람이라고 부른다.

그 사람은 늘 '거기'에 있다. 눈을 감고 숨을 깊게

들이마시면 그려지는 사람. 아침에 일어나 커튼을 열고 밤새 내린 눈을 봤을까. 무릎에 담요를 덮고 따뜻한 커피를 마시면서 내가 보낸 편지를 읽을까. 아니, 어쩌면 '거기'는 여름일지도 모르겠다. 매미가 울고, 무성한 나뭇잎이 그의 마음까지 온통 푸르게 물들이는 계절이 아닐는지. 가끔은 우리 사이에 거리와 시차가 있어서 나의 말이 그에게 닿지 못하는 것이 아닌가 하는 생각에 초조해진다. 그러나 그런 순간조차도 나는 그가 '거기'에 있음을 안다. 내가 여기에 있는 것처럼 그도 어느 계절 속에서 다가오는 말들을 기다리고 있으리라. 그러니 그는 편지하기에 좋은 사람이 아닌가.

나는 종종 거기에 있는 사람을 생각하며 걷고, 이렇게 눈이 오는 날에는 그에게 전하고 싶은 이야기를 솔방울을 줍듯 하나씩 주워 담는다.

이야기 하나,

밭에서 얼어 죽은 것들을 봤다. 말라 죽은 풀과 나무, 숨이 멈춘 동물. 겨울은 내게 죽음 또한 자연의 일부라는 사실을 가르쳐준다. 눈이 녹아 물이 되어 증발하는 것처럼 죽음 역시 존재의 환원이 아닐까. 내게도 죽음을 알려준 이들이 있었다. 그들은 흙이 되었을까, 물이 되었을까, 아니면 지금 내리는 이 눈일까. 그런 상상을 해보면 언젠가 찾아올 나의 죽음이 두렵지 않다. 사람들은 영원한 것이 없다고 말하지만, '영원'이라는 말이 존재한다는 그 자체가 이미 그것의 있음을 증명하는 게 아닐까. 흙이 되어, 물이 되어, 눈이 되어 내 곁에 있는 이들의 이름을 가만히 불러본다. 내가 사라지고, 서로의 기억이 모두 사라지는 날에도 나는 우리가 사랑이라는 커다란 의미로 남아 있을 것 같다. 가만히 읊조리기만 해도 우리 가슴을 가득 채우는 사랑. 어쩌면 그 안에는 이름도 얼굴도 모르는 오래전 누군가의 이야기와 마음이 켜켜이 쌓여 있지 않을까.

이야기 둘,

천천히 내리는 눈의 결정체가 선명하게 보인다. 솔잎을 몇 개 포개놓은 것 같기도 하고, 화살촉을 붙여놓은 것 같기도 하다. 아름답고 경이롭지만 그것을 똑바로 바라보고 있노라면 어쩐지 두려워진다. 하얀 동그라미, 하얀 점인 줄 알았던 눈송이들이 이토록 복잡하고 정교한 무늬를 가졌다는 사실을 마주하는 일은 나의 관념을 무너뜨리는 일이니까. 내가 제대로 보지 않았거나, 봤다고 해도 그것이 전부가 아니라는 진실을 깨닫는 일이니까. 아름다움, 경이로움, 두려움. 진짜를 마주하며 우리가 느끼는 감정은 그런 것일 테다. 그러니 내가 어딘가로 나아갈 때, 무언가를 바라볼 때 아름다움과 경이로움 그리고 두려움을 느낀다면, 그것은 내가 진실을 향해 가고 있다는 신호일 것이다.

이야기 셋,

겨울방학이 시작되면 할아버지는 동생과 나를 경양식집에 데려갔다. 크림수프와 롤빵, 딸기잼, 함박스테이크와 단무지, 후식으로는 딸기아이스크림이 나오던 서양식 레스토랑.

언젠가 지금처럼 눈이 많이 내리던 날, 그 식당에 가는 길에 눈을 밟고 미끄러져 엉덩방아를 찧고 말았다. "아, 너무 아파." 내가 울상을 짓자 할아버지와 동생이 웃었고, 나는 창피함에 벌떡 일어나 아무렇지 않은 척 걷다가 또 한 번 꽈당 넘어졌고, 다시 벌떡 일어나 걷다가 한 번 더 쿵. 엉덩이는 너무 아픈데 나도 모르게 웃음이 터져버렸다. 넘어지는 게 뭐 그렇게 웃긴 일이라고. 쿵, 까르르. 쿵, 까르르. 그날 시퍼렇게 멍든 나의 엉덩이와 입안에서 살살 녹았던 함박스테이크의 맛은 내가 가진 가장 사랑스러운 겨울의 순간이다. 나는 방학의 시작을, 눈을, 서양식 레스토랑을, 쿵 넘어져도 까르르 웃던 순간을 사랑했다.

다시 '쿵' 소리를 내며(예전보다 소리가 훨씬 묵직해졌다)

엉덩방아를 찧었다. 내리막길이 어찌나 미끄럽던지……. 짜증을 낼까, 징징거릴까 망설이다가 나도 모르게 웃어 버렸다. 내가 사랑했던 순간들이 나를 넘어져도 웃는 사람으로 자라게 한 모양이다. 나는 눈밭에 주저앉아 할아버지와 서양식 레스토랑을 떠올리다가 함께 걷는 이가 내미는 따뜻한 손을 붙잡으면서 다시 한번 웃었다.

"뭐가 그렇게 웃겨?"

손을 내민 이가 물었을 때, 나는 예감했다. 지금, 이 순간을 내가 사랑한다고 말하게 되리라는 것을.

눈 속을 걷다 보니 어느새 세 개의 이야기가 모였다. 이 이야기들은 내 눈앞에 펼쳐진 것, 내가 온몸으로 맞이하는 것, 그러니까 지금에 관한 것이다. 나는 이 겨울, 나의 지금을 눈처럼 뭉쳐 '거기'로 던져보려 한다. '거기'에 있는 사람을 향해.

나의 '지금'이 그 사람의 손에 닿는 순간, 그것은 그의 '지금'이 될 것이다. 그렇게 나의 겨울 인사는 그의 계절에 당도하여 봄의 꽃다발이 되거나, 여름의 푸른 나무, 가을의 이삭 한 줌, 또 다른 겨울의 하얀 눈이 될 것이다.

이곳에 엮은 모든 글은 '거기'에 있는 사람, 바로 당신에게 보내는 나의 계절 인사다. 당신의 따뜻한 손안에서, 당신의 계절 안에서 흩어질 나의 지금이다. 언젠가 당신의 순간이 될 나의 순간들이다.

그럼, 이제 진짜 편지를 시작해볼까.

겨울입니다. 눈이 오네요. 거기, 당신은 어느 계절을 살고 있습니까?

2024년 1월

신유진

차례

언어의 폭이라는 말은

상상의 폭이라는 말로 바꿔도 좋을 것이다.

언어는 보이지 않는 것을,

존재하지 않는 것을 그릴 수 있게 해주니까.

1

나의 계절이 흘러가면

언젠가의 봄

프랑스 시골 마을에서 살았던 3년은 내세울 것 없는 내 인생의 가장 화려한 경력이다. 깨끗한 물과 빛과 공기, 여러모로 사치스러운 생활이었다. 그중에서도 내 호사의 절정은 물이었는데, '에비앙'과 함께 프랑스 식수계의 양대 산맥으로 꼽히는 '볼빅'의 수원이 있는 곳에서 살았으니 무슨 말이 더 필요할까. 수도꼭지에서 펑펑 쏟아지는 미네랄워터로 샤워도 하고, 설거지도 하고, 심지어 볼일도 봤으니 앞으로도 그만한 호사를 누리기는 어려울 것 같다.

물론 그 사치스러운 생활에도 나름의 고충은 있었다. 이사하고 한 달 만에 마을버스 운영이 중단됐던 것이다(버스 이용객이 너무 적었기 때문이다). 다시 말해 차가 없으면 그 시골 마을에서 나갈 수가 없었다. 물론 나와 반려인에게는 고물 차 한 대가 있긴 했지만, 운전면허증이 없었던 나는 반려인 없이는 아무 데도 갈 수 없는 고립된 신세가 됐다. 자의 반 타의 반으로 마을에 갇히게 된 것이다.

그곳에서 나의 일과는 반려인이 차로 한 시간 떨어진 도시의 극장으로 출근하면(반려인은 연극을 했다) 감자에서 싹이 나오는 것을 관찰하거나, 벌레들과 사투를 벌이거나, 산책을 하는 것이었다. 그건 내가 꿈꿨던 안온한 일상이긴 했지만, 시간이 지날수록 나는 점점 웅크리는 사람이 되었다. 하루에 한마디도 하지 않거나 아침에 일어난 모습 그대로 밤을 맞이하는 일이 잦았다. 어느 날은 산책을 하다가 우연히 남의 집 창문에 비친 내 모습을 보고 깜짝 놀란 적도 있었다. 그날은 산책에서 돌아와 나도 모르게 서럽게 울었는데 눈물을 흘리면서도 정작 우는 이유를 찾지 못했다. 아무도 나를 흔들지 않았는데, 나는 무엇 때문에 그토록 무기력한 사람이 되었던 것인지……. 돌이켜보면 그 시절의 나는 세상을 향해 한 걸음을 내딛는 대신 내 안에 깊은 굴을 파고 그 속으로 들어갔던 것 같다. 오직 내 목소리만 들리고 여름날 풀처럼 생각이 자라는, 매몰되기 좋은 곳. 나는 아무도 침범하지 않는 그곳에 갇혀 외부로부터 받는 힘이 0인 존재가 됐다. 아무 일도 일어나지 않고, 아무것도 나누지 않는, 덧셈도 뺄셈도 없는 0.

어느 날, 세상이 온통 0인 나를 걱정하던 반려인이 물었다.

"취미 활동 같은 거 할 생각 없어? 운동을 배우면 좋지 않을까?"

버스도 기차도 다니지 않는 곳에서 무언가를 배울 수 있다는 생각을 단 한 번도 해본 적이 없었던 나는 그의 제안에 시큰둥했지만, 반려인은 깜짝 선물이라도 준비한 사람처럼 눈을 반짝이며 말했다.

"기공氣功 어때?"

나는 그가 플라잉요가도 핫요가도 아닌, 발레도 필라테스도 아닌, 기를 다스린다는 수련 '기공Qi-gong'을 프렌치 악센트로 '치콩Tchi-kong'이라고 발음하는 순간 감자를 입안에 쑤셔 넣고 싶은 충동을 겨우 참았다. 도사 같은 할아버지들 사이에서 우울한 얼굴로 서 있을 내 모습은 그야말로 싹 난 감자 같지 않겠는가.

며칠 후, 나는 놀랍게도 기공 강좌 시간에 입을 레깅스를 구입했다(아디다스 레깅스가 유행이었고, 도복은 입고 싶지 않았다). 어쩌다 그 강좌를 신청했는지 정확한 이유는 잘 기억나지 않는다. 강좌비가 저렴하다는 점에서 크게 흔들렸을 것이고, 고립된 생활의 탈출구가 될지도 모른다는 옅은 희망을 품었을 테고, 내가 집 안의 의자나 식탁, 책장과 다를 바 없이 살고 있다는 사실에 불안했을 것이다. 무엇보다 절대 하지 않겠다고 큰소리를 치다가도 슬쩍 마음을 바꾸는 나의 변덕이 한몫했을 것이다. 생각해보면 내 인생은 '절대'나 '반드시' 같은 결의에 찬 단어보다 '어쩌다 보니'가 훨씬 더 잘 어울린다. 좀 우습게 보일지 모르겠지만, 괜찮다. 우습게 보이는 것은 조금 슬픈 일이지만, '절대'나 '반드시'라는 말로 스스로 만든 벽처럼 무서운 것은 아니니까. 슬픈 것과 무서운 것 중 하나를 고르라면 차라리 슬픈 것을 택하겠다. 그렇게 나는 조금 슬프게, 동네 어르신들을 위해 개설된 기공 강좌를 들으러 갔다.

강좌는 매주 화요일, 저녁 7시 반에 시작됐다. 첫날에 나는 새로 산 아디다스 레깅스를 입고 마을회관의 문을 열었다. 1990년대 영화 포스터가 덕지덕지 붙어 있는 그 공간에서는 봄보다 진한 장미수 냄새가 진동했다. 피부를 화사하게 가꿔준다는 장미수 미스트가 그 동네 프랑스 할머니들의 '잇템'이었다. 할머니들의 우아한 향기 앞에, 무용수의 치마처럼 펄럭이는 바지와 목과 쇄골이 아름답게 드러나는 운동복 앞에, 로고가 눈에 띄게 박힌 나의 아디다스 레깅스가 어찌나 천박해 보이던지……. 나는 최대한 눈에 띄지 않게 구석에 숨으려고 했지만, 눈에 띄는 외모 탓이었는지(유일한 아시아인이었으니까), 아디다스 레깅스 탓이었는지, 그 강좌를 가장 오래 수강했다는 할머니의 눈에 들어 어느새 제일 앞줄까지 끌려 나왔다.

몇 년 전부터 해마다 똑같은 강좌를 수강하는 할머니들이 내게 환영 인사를 건넸다. 할머니들은 화장실이 어디에 있는지, 물은 어디에서 마실 수 있는지 알려주셨고, 푸석푸석하고 생기 없는 내 얼굴을 보시고 가방에서 장미수 미스트를 꺼내 뿌려주기도 하셨다.

"아이, 예쁘다! 예쁘다!"

사방에서 들리는 소리. 내 생에 그렇게 '예쁘다' 소리를 많이 들어본 것은 그날이 처음이었다.

수업이 시작됐고 할머니들은 강사인 윌리엄의 지휘에 따라 숨쉬기운동을 우아하게 해냈다. 윌리엄은 사십 대 중반이었는데, 칠십대 노인처럼 머리가 하얗게 셌고, 언제나 느긋하게 행동했으며, 숨쉬기를 강조했다. 그는 호흡이 짧은 나를 볼 때마다 안타까워하며 이렇게 말했다.

"유진, 제발 숨을 쉬어. 급할수록 그 자리에 멈춰서 숨을 쉬라고. 머릿속을 비우고, 생각을 멈추고, 호흡에만 집중해."

명상이나 호흡 수련의 경험이 있는 사람은 알 것이다. 생각을 의식하는 순간, 그것이 공작새처럼 날개를 활짝 편다는 것을. 생각을 멈추라는 말을 들을 때마다 무수히 많은 생각의 깃털들이 펄럭였다. 싹이 난 감자부터 산책길에 만나는 동네 고양이들, 장미수, 아디다스 레깅스, 그리고 나. 그토록 단순한 삶 속에서도 너무도 복잡한 나라는 존재까지.

윌리엄의 지도에 따라 수련은 계속됐다. 들이마시고 내쉬고, 한 시간 동안 그냥 들이마시고 내쉬고. 호흡에도 나이가 있다면, 그때 내 호흡은 그곳에 모인 할머니들의 눈부신 젊음을 따라갈 수 없었다. 조금만 들이마셔도 캑캑거리는 꼴을 모두가 안타까워했을 정도니까.

기공을 배우는 동안 단 한 번도 생각을 멈추는 데 성공한 적 없었으나 한 가지 알게 된 사실이 있다. 내가 노인들의 운동이라고 우습게 여겼던 '기Qi'라는 단어가 프랑스어로는 'l'énergie에너지'이고, 그 에너지란 나이가 아닌 삶을 향한 육체적, 정신적 태도에서 나온다는 것. 태도가 나이를, 외모를, 스펙을 이긴다는 것.

첫 수업이 끝날 때쯤 윌리엄이 이렇게 말했다.

"눈을 감고 발바닥을 느껴보세요. 한쪽으로 쏠린 무게를 천천히 중심으로 가져옵니다. 무게를 발바닥에

골고루 나눠주세요. 어느 쪽으로도 치우치지 않게. 여러분의 발바닥이 완벽한 균형을 이루고 있는 우주라고 생각해보세요."

우주라니! 그의 황당한 말에 실눈을 뜨고 주변을 살폈다. 제일 먼저 눈에 띈 것은 창문 밖의 짙은 어둠과 별이었다. 그 묵직한 어둠은 얼마나 완벽했던지! 검게 흐르는 밤 안에서는 희미한 불빛도, 저무는 존재도 모두 반짝였다. 이미 저 멀리 우주로 떠난 윌리엄도, 몸을 살랑살랑 흔들며 발바닥으로 균형을 맞추던 할머니들도.

나는 다시 눈을 감고 발바닥을 느꼈다. 무게가 많이 실리는 쪽은 뒤꿈치. 뒷걸음질을 하던 사람이라 그랬을까. 힘주어 앞으로 나가는 일에 지레 겁을 먹는 사람. 깊은 호흡과 함께 뒤꿈치에 실린 무게를 천천히 옮겨 왔다. 넘어지지 않게 좌우로, 중앙으로, 앞으로. 힘을 빼고 호흡에 몸을 맡기자 마침내 내 몸이 살랑살랑 흔들렸다.

마치 우주에 핀 꽃처럼, 작고 가는 코스모스처럼.

기공을 배우면서 내 삶이 크게 달라지진 않았지만, 봄을 지나 여름까지 나는 내 안에서 빠져나와 나를 둘러싼 그 아름다운 우주를 향해 조금씩 걸음을 옮길 수 있었다. 그 우주에 핀 코스모스 같은 할머니들은 봄에 어울리는 디저트, 여름에 어울리는 칵테일, 피부를 환하게 해주는 장미수, 맛있는 와인과 샴페인처럼 삶에 기쁨을 주는 것들을 내게 일러줬고, 윌리엄은 나만의 균형을 찾는 법을 가르쳐줬다.

요즘도 걸음이 무거운 날에는 잠시 멈춰 서서 두 발을 바닥에 딛고 눈을 감는다. 발바닥을 느끼며 몸을 앞뒤로 좌우로 흔든다. 무게를 골고루 분산시킨다. 깊이 호흡하고, 힘을 빼고, 가만히 서서 흔들려본다. 흔들리는 일은 균형을 찾아가는 일. 나의 작은 발바닥 우주 안에서 모든 것이 조화롭게 흔들린다.

짧은 에필로그

첫 수업을 듣기 위해 마을회관으로 가던 길을
기억한다. 계절은 이른 봄이었고, 순해진 바람이
느껴졌다. 걷는 내내 손바닥을 활짝 펴고 저무는
해의 마지막 빛을 쓰다듬었는데, 그때 그 계절의 빛과
온도와 감촉이 지금도 손바닥 안에 있다. 아마도 나는
그때 그런 것들을 봤고, 만졌고, 가졌던 모양이다.
말하자면 '언젠가의 봄'이라고 요약할 수 있는 것들.
그때 가졌던 모든 것이 이제 '나의 이야기'가 되어
내 앞에 있다. 그러니 내가 어떤 봄을 쓸 수 있다는

사실만으로도 고여 있었던 시절의 가치가 조금이나마 증명되는 게 아닐까.

어둠 속에 있다

얇은 드레스를 몸에 걸친 무용수가 가슴에 손을 얹은 채로 눈을 감는다. 사위는 어둡고 무용수의 얼굴과 드레스는 옅은 회색빛을 띤다. 극의 시작을 알리는 조명, 그 태초의 빛이 "있어라"고 말하기 전, 무용수는 암흑 속에서 탄생을 준비한다.

태어나지 않은 무용수와 그의 기도를 담은 흑백사진. 그것은 피나 바우슈의 〈카페 뮐러〉가 시작되기 직전의 장면이자, 내 아이맥의 배경 화면이다. 나는 매일 워드의 백지를 맞이하기 전에 피나 바우슈를 따라 가슴에 손을 얹고 눈을 감는다. 그러니까 그것은 내게 올 말, 그 빛을 맞이하기 위한 나만의 기도이자 의식이다.

어릴 때 연극을 맛본 덕분에 무대의 기억이나 희미한 감각 정도는 남아 있다. 그러니 막이 오르기 직전의 그 어둠을 모른다고는 할 수 없을 것이다. 어두운 극장의 가장 어두운 자리. 사람들은 빛과 함께 공연이 시작된다고 생각하지만, 모든 등장인물은 그 어둠에서 출발한다. 그곳을 뚫고 나와야 비로소 빛에 가닿는 것이다. 막이 오르기 직전에 심호흡을 하고 기도하는 곳. 한 걸음 나아가면 탄생하고, 한 걸음 물러나면 무無가 되는 자궁이자 무덤. 요즘 나는 컴퓨터 화면 앞에서 그곳을 생각한다. 어쩌면 지금 이 자리가 그곳인지도 모르겠다.

"쓰고 싶은 이야기를 써주세요."

담당 편집자의 다정한 말에 차마 "쓰고 싶은 게 무엇인지 모르겠어요"라는 말은 하지 못했다. 지금 내 상태를 그에게 어떻게 설명해야 좋을까. 몇 년 전만 해도 내게 쓰는 일은 어렵지는 않았다. 금세 지나가는 계절, 함께 걷던 사람의 옆모습, 바람이나 햇빛처럼, 손에 쥘 수 없는 무형의 어떤 것들을 마주할 때마다 모조리 글자로 환원해 글 속에 담아두고 싶었으니까. 나는 나의 글이 누군가의 풍경이길 바랐고, 그것은 너무도 선명한 욕구여서 길을 잃지 않을 수 있었다. 그렇게 쌓인 글들이 책이 되어 나를 떠났다. '떠났다'는 표현은 적확하다. 책이 된 이야기는 더는 내 것이 아니기에……. 그러니 내 것이 아닌 것을 다시 열망할 수는 없을 것이다. 그 시절에 내게 머물렀던 말들은 이제 남아 있지 않다.

문장을 쓰고 지우기를 반복한다. 어떤 작가들은 글을 쓰기 전에 이미 무슨 말을 해야 할지 명확히 안다고 하던데, 나는 아니다. 첫 문장, 두 번째 문장을 쓰고 지우고, 몇 페이지를 쓴 후에도 모조리 지우는 일을 반복해야 한다. 그렇게 더듬더듬 나아가야 겨우 무른 벽 하나를 발견한다. 작은 구멍 하나를 낼 수 있는 곳, 채광의 가능성을 가진 곳 말이다. 커다랗고 온전한 빛은 마지막에 온다. 다 쓰고 나서야 비로소 글의 의미를 알게 된다.

때때로 생각의 어둠 속을 더듬다 보면 글의 주체가 내가 아닌 것 같다는 생각을 한다. 내 안의 어떤 목소리가 나를 이끌고, 나는 그저 그의 말을 옮겨 적고 있는 것만 같다. 올가 토카르추크는 이 내면의 목소리를 '서술자'라 불렀다. 그가 복잡하고 다층적인 과정으로 이루어진 이야기를 통해 한 사람의 경험을 다른 사람의 경험으로 직접 전달하는 매개체, 미지의 공간에서 용솟음치는 소리이며, 동시에 이야기의 창조적 원형과 언어인 그것을 서술자라 명명했을 때, 나는 어둠 속에서 나를 이끌었던 것이 그것임을 단번에 직감할 수 있었다. 모든 글에는 그것에 딱 맞는 목소리가 있고, 그 목소리를 찾았을 때 비로소 조각들이 뭉쳐져 이야기가 된다는 것을 어렴풋하게나마 경험한 적이 있다. 그러니 지금 내가 할 일은 그 목소리를 기다리는 것이 아닐까? 버지니아 울프가 어두운 방을 걸었던 것처럼(버지니아 울프는 글쓰기란 '등불을 들고 사물을 밝히며 어두운 방을 걷는 것'이라고 했다. 그래도 울프는 미약한 등불이라도 빛을 손에 쥔 사람이었고, 그것이 그가 얼마나 주체적인 작가였는지를 짐작하게 한다), 마거릿 애트우드가 어둠 속에서 글을 욕망했던 것처럼, 어쩌면 이 어둠이야말로 내가 있어야 할 자리인지도 모르겠다.

글을 쓰는 삶을 산 이후로 나의 오랜 두려움은 목소리를 잃고 길을 잃는 것이었다. 아마도 그런 두려움 때문에 번역을 시작했던 것 같다. 다른 작가들의 목소리를 조금 더 가까이 들어보고 싶어서, 할 수 있다면 그것을 내 안으로 옮겨 오고 싶어서.

글쓰기가 문장을 무덤 속에 파묻으며 언젠가 그것이 집이 되기를 희망하는 일이라면, 번역은 누군가 단단하게 세운 집을 부서뜨리고 그것의 잔해를 옮겨 와 재건하는 일이다. 부서뜨리는 것은 순식간이다. 아름다운 세계가 내 서툰 언어로 와장창 무너지는 처참함만 감당할 수만 있다면 그것은 어렵지 않다. 나르기는 노동이자 고난이다. 모든 글은 무겁다. 단 한 글자로 된 문장도 옮기려 드는 순간 언어와 문화, 때로는 역사가 뒤엉킨 뿌리처럼 그것을 붙든다. 무엇을 자르고, 털어내고, 가져와야 하는지 선택하는 것은 번역가의 몫이다. 어쩔 수 없는 일인 줄 알면서도 잘려 나간 것을 마주할 때면 모든 것을 원래의 자리로 되돌리고 싶다. 그러나 옮겨 온 문장과 함께 이미 이주는 시작됐고, 얽히고 잘린 뿌리가 뒤섞인 흙으로 재건을 시작해야 한다. 처음에는 흉내일 뿐이다. 원문과 비슷하게, 할 수 있다면 똑같이. 그러다 어느 순간에 작가가 흙을 쌓는 방식을 이해하게 되고, 마침내 그의 목소리를 내 안에서 맞이하게 된다. 그의 글은 이미 빛 속에 있다. 어둠에서 빛으로 나아가야 하는 것은 글이 아니라 나다. 그러니 내가 글을 옮기는 것이 아니라 글이 나를 옮기는 것일 테다.

그렇다면 쓰는 일은 어떠한가? 글을 쓸 때 나와 문장은 한 몸처럼 묶여 있다. 문장이 태어나길 거부한다면, 내가 목소리를 듣지 못하고 빛으로 가는 길을 잃는다면, 우리는 영원히 어둠 속에 함께 묻히게 된다. 그러나 모든 탄생은 의지이지 않은가. 낳으려는 이와 태어나려는 이의 합심 말이다. 다시 마음을 모은다. 길은 분명히 이곳에 있다.

> 글을 쓸 때 작용하는 본능 같은 것이 있다. 쓰게 될 것은 어둠 속에 이미 있다. 쓰기는 우리 바깥에, 시제들이 뒤섞인 상태로 있다. 쓰다와 썼다 사이, 썼다와 또 써야 한다 사이. 어떤 상태인지 알다와 모르다 사이. 완전한 의미에서 출발하기, 의미에 잠기기와 무의미까지 다가가기 사이. 세계 한가운데 놓인 검은 덩어리라는 이미지가 무모하지 않다.✢

"쓰게 될 것은 어둠 속에 이미 있다"는 뒤라스의 말을 생각하면, 버지니아 울프가 등불을 들고 어두운 방을 걸었던 이유를 짐작할 수 있다. 그가 찾던 것은 어둠 속에서 아직 발견되지 않은 무언가일 것이다. 의미와 무의미 사이에 있는 검은 덩어리. 그것은 발현이 아니라 발견되는 것이며, 해석과 해독을 요구한다. 메모와 스케치, 냉철한 시선으로 벗겨내기, 집요하게 파헤치기. 이 모든 노력을 통해 그 검은 덩어리를 분명하고 선명한 언어로 탄생시켜야 한다.

다시, 첫 문장을 쓴다. '다시'라는 말, 그것은 어쩌면 적합하지 않은 부사인지도 모르겠다. 모든 문장은 '새

✢ 마르그리트 뒤라스, 『물질적 삶』, 윤진 옮김, 민음사, 2019, 37쪽.

로' 쓸 수밖에 없으니까. 문장은 되풀이되는 경험이 아닌, 늘 새로운 경험이다. 그리고 글은 무너뜨리고 세우는 일의 반복이다. 쓰고 지운 것들은 하얀 화면 속에 묻힌다. 진실하지 못한 자기 고백이나 결말 없는 단편소설, 맞춤법이 엉망인 일기 위에 하얀 흙을 덮는다. 태어나지 못한 글들은 그렇게 습작의 봉분 속에 묻혀 있다. 그러니 이곳에서 나온 나의 첫 문장은 무덤 위로 자라는 새싹일 것이다. 그러나 싹을 틔우는 것은 흙의 일, 내가 할 일은 숱하게 파묻은 문장 속에서 내 믿음이 죽지 않도록 돌보는 것이 전부가 아닐까. 작은 구멍 하나를 뚫어 빛을 향해 본능적으로 고개를 내미는 가능성 하나를 지키는 일 말이다.

나는 다시 무용수처럼 눈을 감고 가슴에 손을 얹는다. 무덤 위로 자라는 것이 새싹이기를, 꽃이기를, 빛의 가능성이기를. 이것이 죽은 문장들의 유족이자 봉분을 지키는 묘지지기, 태어날 문장의 모체의 애도이자 기도다.

문맹의 시간

내가 처음으로 배운 프랑스어는 '쥐 도랑주Jus d'orange'로, '오렌지주스'라는 뜻이다. 열 시간의 비행과 환승 끝에 클레르몽페랑에 도착했을 때, 공항 카페에서 일하는 종업원이 알려준 단어다. 그는 영어로 오렌지주스를 주문하는 내게 굳이 프랑스어로 대답하며 말했다.

"농Non, 오렌지주스. 쥐 도랑주."

"쏘리?"

"농, 오렌지주스. 쥐 도랑주."

그 종업원은 내가 그의 발음을 성실하게 따라 하며 쥐 도랑주를 제대로 말할 때까지 오렌지주스를 주지 않았다. 나는 피로와 수치심을 동시에 느끼면서도 그를 따라 쥐 도랑주를 말하기 위해 애썼다. 그 어려운 단어를 덜 말아진 혀로 발음할 때마다 어찌나 목이 타들어가던 지……. 나는 겨우 손에 넣은 오렌지주스를 꼭 쥐고 공항을 나서면서 앞으로 이 언어 때문에 내가 겪게 될 모진 수모와 난감한 상황들을 예감했다.

나의 첫 프랑스어 선생의 모국어를 향한 자부심과 자만심은 내게 큰 상처를 남겼다. 덕분에 쥐 도랑주라는 말은 완벽하게 배웠지만, 그날 이후로 프랑스어를 말할 때마다 이상하게 긴장하는 버릇이 생겼다.

프랑스에 온 이후 4년 정도는 말 그대로 언어와의 전쟁이었다. 어디를 가도 언어는 나의 장벽이었고, 말을 알아들을 수 없어서 할 수 없던 일들, 말을 제대로 못해서 억울하게 감내해야 했던 일들이 많았다. 그곳에서 외국인에게 언어는 권력이었고, 그래서 나는 프랑스어를 잘하고 싶으면서도 또 동시에 전혀 하고 싶지 않았다.

그럼에도 불구하고 그 언어를 사랑하게 되는 순간들이 분명히 있었다. 이민자들이 각기 다른 억양으로 노래하듯 프랑스어를 말할 때, 외국인들끼리 완벽하지 않은 프랑스어로 서로의 말을 알아들으려 애쓸 때, 가장 간소한 말로 더듬더듬 사랑을 고백할 때, 내게는 세상에서 가장 아름다운 말이었다.

프랑스어를 제대로 공부하게 된 것은 대학에 들어가면서부터였다. 처음에는 수업을 따라가기 위해 열심히 외우기 바빴고, 그다음에는 프랑스인들을 흉내 내기 시작했다. 나는 내가 동경하는 프랑스 배우가 나오는 영화를 무한 반복으로 보면서 그가 말하는 방식을 그대로 따라 했다. 놀랄 때의 억양, 화날 때의 호흡, 말끝을 흐리는 습관까지 관찰하고 연습하고 흉내 냈다(흉내 내기는 사실 꽤 괜찮은 외국어 학습법이다. 어학을 공부하던 시절에 만난 한 친구는 카를라 브루니의 노래로 프랑스어를 공부했는데, 자신만의 목소리에 카를라 브루니식의 호흡을 더해 노래처럼 아름다운 프랑스어로 말한다). 그런 방식으로 몇 달을 공부하다가 어느 날 프랑스어를 말할 때와 모국어를 말할 때 내 목소리가 다르다는 사실을 깨달았다. 특히 공식적인 장소에서 프랑스어로 말해야 할 때, 나는 다른 사람이 된다. 어디에 숨표를 찍을지 계산하고 말하는 사람처럼 호흡에 집중한다. 한국어로 말할 때는 절대로 해본 적 없는 노력이다. 물론 아무리 애써도 프랑스인들처럼 말할 수는 없다. 내게는 억양이 있고, 언어습관이 있으니까. 외국어와 모국어의 습관이 뒤섞이기는 해도 모국어를 쓰며 형성된 습관이 아주 없어지지는 않았다.

시간이 지나도, 어떤 노력을 해도 나의 프랑스어는 여전히 외국인의 그것이지만, 포기하지 않고 노력했던 것 하나가 있다. 바로 이 외국어가 이끄는 방식으로 생각하는 것이다. 언어와 사고는 유기적이고, 말하는 방식이 바뀌면 생각하는 방식도 자연스럽게 달라질 수밖에 없는데, 그것에 저항하지 않고 자연스럽게 받아들이려고 노력했다. 분명 외국어를 쓰는 나와 한국어를 쓰는 나는 다른 방식으로 사고한다. 외국어를 쓰는 나는 하고 싶은 말이 아닌 할 수 있는 말을 골라 쓰고, 모호한 표현보다는 정확한 표현을 선호하고, 실수할 확률이 적은 단어를 선택한다. 말의 양보다는 질을 중요하게 여기고, 말의 속도도 느리다. 빠르게 말할수록 전달력이 떨어지기도 하고, 외국어가 모어와 충돌하며 생각의 속도를 늦추기 때문이다.

하지만 이런 노력에도 불구하고 사람들과 소통할 때 완전히 그 언어에 속해 있다는 느낌을 받지는 못했다. 아니, 대화뿐만이 아니라 그 어디에도 완전히 속하지 못한 것 같다. 내게 언어는 노력해야 하는 것이고, 그 노력이 습관이 되면서 어느 순간 모국어를 쓸 때도 마냥 편하지 않게 됐다. 외국어가 흔들어놓은 내 언어 체계는 이제 모국어를 쓸 때도 뒤죽박죽이다. 어떤 날은 두 언어 모두 낯설게 느껴진다. 어쩌면 나는 모국어를 잃은 것인지도 모르겠다.

그렇다면 내가 쓰는 언어는 무엇일까. 어디에도 속

하지 않는 이 언어를 나는 무엇이라 부르면 좋을까. 고민 끝에 '바깥 언어'라는 결론을 내렸다. 외국어도 모국어도 아닌, 문맹의 사고를 간직한 언어.

문맹의 시간을 견딘 작가를 알고 있다. 헝가리혁명의 여파로 모국을 떠나 스위스로 망명했던 아고타 크리스토프. 그는 뇌샤텔의 시계 공장에서 일하면서 프랑스어를 배워 모국어가 아닌 외국어로 글을 썼다. 나는 지금 내가 쓴 이 간결한 문장의 폭력성에 놀라고 있다. 역사와 개인의 불행, 그리고 그것을 뛰어넘은 한 인간의 거대한 생과 업적을 단 몇 줄의 문장으로 고민 없이 적어버렸으니까. 이 자연스러운 언어가 내게는 문맹보다 더 야만적이게 느껴진다. 바깥 언어로는 쓸 수 없는 말이다. 그 언어로 썼다면 수없이 쌓고 무너뜨리기를 반복하다가, '그럼에도 불구하고 작가는 쓴다'라고 적었을 것이다('그럼에도 불구하고 썼다'는 아니다. 시제를 몰랐던 아고타 크리스토프에게 과거형은 존재하지 않았으니까 과거형을 쓸 수는 없다).

그럼에도 불구하고 무언가를 하는 사람들은 '그럼에도'라는 말 이전에 붙었던 조건과 싸워 이긴 사람이 아니라, 지지 않는다는 믿음을 가진 사람이다. 믿음과 허황된 꿈은 다르다. 믿음에는 빈 종이에 더듬더듬 한 줄씩 채워나가야 하는 시간이 있다. 가난한 언어 앞에 말의 욕망이 무릎 꿇는 시간이자 말의 본질을 위해 치장을 벗는 시간. 믿음에는 간절한 문맹의 시간이 있다. 우리가 그토록 좋아하는 '꿈'이란 말을 '믿음'으로 바꿔 쓸 수 있다면 얼마나 좋을까.

> 우리는 작가가 된다. 우리가 쓰는 것에 대한 믿음을 결코 잃지 않은 채, 끈질기고 고집스럽게 쓰면서.[+]

나는 아고타 크리스토프라는 작가와 그의 작품을 믿음으로 기억한다. "쓰는 것에 대한 믿음을 결코 잃지 않은 채, 끈질기고 고집스럽게" 쓴다는 작가의 말을 전적으로 신뢰한다. 그가 대단한 작품을 쓴 작가이기 때문이 아니라, 문맹의 시간을 살아낸 사람이기 때문이다.

다시, 오래전 내가 간직했던 바깥 언어를 떠올리며 나의 믿음을 적어본다.

'쓴다.'

이 믿음에는 과거형도 미래형도 필요하지 않다.

+ 아고타 크리스토프, 『문맹』, 백수린 옮김, 한겨레출판, 2018, 103쪽.

아름답게 어긋나기

반려인의 한국어 실력은 초급이다. 하나의 언어로 사고하는 습관이 굳어진 성인이 외국어를 습득하는 일은 쉽지 않다. 그의 머릿속에서는 프랑스어와 한국어가 끊임없이 대치되고 어긋나다 종종 새로운 언어가 탄생하기도 한다.

예를 들자면 그에게 봄바람은 '살랑살랑' 부는 것이 아니라 '사랑사랑' 분다. 물론 연속되는 'ㄹ' 발음이 어려운 탓도 있지만, 봄바람이 주는 설렘과 사랑이 잘 어울리기 때문이라고 한다. 나 역시 사랑사랑 부는 바람이 싫지 않아서 얄궂게도 고쳐주지 않는다.

글을 옮길 때도 고민 끝에 남겨두는 문장이 있다. '눈으로 쓰다듬는다'라는 문장을 두고 고민한 적이 있다. 글의 전반적인 분위기와 어울리지 않게 지나치게 시적인 표현이라 생각했는데, 그래도 그 문장이 주는 느낌이 좋아서 고치지 않았다. 닿을 수 없는 것을 향한 애틋함이 촉각이 되어 눈빛에 담기면 눈으로도 쓰다듬을 수 있으니까.

번역가 노지양, 홍한별이 쓴 『우리는 아름답게 어긋나지』라는 책에는 아름답게 어긋난 번역 이야기가 등장한다. 그중 기억에 남았던 문장 하나, "벨벳처럼 그윽하다." 노지양 번역가가 옮긴 『트릭 미러』 속 이 문장을 두고 홍한별 번역가는 이렇게 아름답게 어긋난 문장을 남기기 위해서는 번역가의 용기가 필요하다고 말했다. 나는 이런 문장을 남긴 용기와 그 용기를 알아보는 안목에 감탄하며 두 번역가의 서간문을 벨벳처럼 그윽하게 바라봤다.

번역을 하면 할수록 서로 다른 두 세계가 완전히 포개지지 않고 살짝 어긋날 때 언어의 폭이 더 넓어진다는 것을 실감한다. 언어의 폭이라는 말은 상상의 폭이라는 말로 바꿔도 좋을 것이다. 언어는 보이지 않는 것을, 존재하지 않는 것을 그릴 수 있게 해주니까. 오직 언어로 벨벳은 향기처럼 그윽할 수 있고, 눈은 손처럼 촉각을 가질 수 있다.

처음 번역을 더듬더듬 시작했을 때는 그저 원문에 충실하고 우리말의 어법을 위반하지 않는 번역이 이상적이라 믿었지만, 이제는 그보다 한발 더 나아가는 번역을 고민해본다. 두 언어의 정체성을 간직하면서 동시에 서로를 부정하지 않는 번역, 어긋남을 인정하고 그 충돌까지도 아름답게 옮길 수 있는 용감한 번역이란 과연 무엇일까?

전문적으로 번역을 배운 적 없는 나는 질문이 찾아올 때마다 다와다 요코의 『여행하는 말들』을 펼친다. 프랑스문학을 번역하는 내가 독문학을 번역하는 일본 번역가에게 배움을 기대하는 게 조금 이상하지만, 그 책은 늘 나의 물음보다 조금 더 큰 사유를 건네준다.

책을 펼치면 오래 한 자세로 있다가 몸이 굳은 사람처럼 늘 같은 페이지가 열린다. 212쪽. "언어에도 몸이 있다"라는 문장에 진한 밑줄이 그어져 있다. 글은 의미만이 아니라 몸이 있고, 그 몸에는 체온, 자세, 아픔, 습관, 개성 같은 것이 있다는 뜻인데, 일단 그 문장을 읽으면 망막한 번역이 어떤 '몸'을 바라보고, 만지고, 결국 그 몸이 되어보는 구체적인 사건이 된다.

프랑스의 포토 칼럼니스트이자 자전적 소설을 쓴 작

가 에르베 기베르의 『연민의 기록』을 옮길 때의 일이다. 성소수자인 에르베 기베르가 에이즈에 걸린 자신을 매개로 죽음 언저리의 삶을 기록한 글인데, 작가가 자조적 말투로 '의학 에세이'라고 할 만큼 에이즈를 앓고 치료하는 과정이 소상히 담겨 있다. 그 작품을 옮기는 동안 내게 주어진 가장 큰 숙제는 에이즈라는 질병 속에서 작가와 함께 병을 체험하는 일이었다. 육체적 고통을 간접적으로나마 함께 겪고, 눈에 보이지 않는 바이러스에 대한 공포를 이해하고, 성소수자의 자리에서 세상을 바라보는 일. 내게는 그 모든 것이 그의 '몸'이 되는 일이었고, 그 과정에서 어떤 고통을 이해할수록 내게 찾아오는 물음들이 있었다. 내가 그였다면 절망을 있는 그대로 기록할 수 있었을까. 소수자의 삶을 산 그의 절망은 정말 온전히 개인이 짊어져야 했던 것이었을까. 에이즈가 소수가 아닌 다수를 위협하는 병이었다면 이미 수십 년 전에 백신과 치료법이 나왔을까. 동성애자를 향한 차별적 시선이 없었다면 우리는 그 병으로부터 조금 더 많은 사람을 구했을까. 보이지 않는 바이러스와의 싸움은 기술과 의학의 발달로 정말 덜 야만적인 것이 되었을까. 어쩌면 이 물음들은 에르베 기베르의 언어가 오늘의 우리에게 건네고 싶은 말인지도 모르겠다. 그 먼 시간을, 먼 길을 건너온 언어는 그러니까 이렇게 묻고 싶었던 게 아닐까.

지금 당신이 사는 그곳은 조금 더 나아졌습니까?

누군가 내 일을 물으면 번역이라는 말보다 글을 '옮긴다'라는 동사를 써서 말한다. 동사로 말하는 나는 몸으로 말을 살아내는 사람이 된다. 의자에 앉아 더 오래 엉덩이로 버티고, 납작한 활자가 아닌 피와 살과 뼈가 있는 사람의 이야기를 만지는 마음으로 단어를 고른다. 그것은 어쩌면 내가 할 수 있는 가장 적극적인 창작일 것이다. '옮긴다'는 말 속에는 머물던 곳을 벗어나 새로운 곳을 향하는 이동의 의미가 있고 그 걸음에는 새로운 시선과 발견, 길의 확장이 있으니 그것이 창작이 아니라면 무엇일까.

오늘도 나는 언어라는 몸을 마주하고, 그것을 등에 업고 옮긴다. 작가의 커다란 언어의 무게로 바뀌는 내 자세는 결국 내 몸의 변화를 가져올 것이다. 그들의 언어가 머물다 간 나의 몸은 얼마나 아름다울까. 사랑하는 이를 맞이하는 모든 자세가 그렇듯, 더 굽어지고 더 꺾이길 희망한다.

봄날의 프루스트

오늘 아침 튈르리 공원의 태양은 지나가는 그늘에 선잠에서 깨어난 금발의 소년처럼 몽롱한 모습으로 돌계단을 한 칸씩 올라간다.⁜

마르셀 프루스트의 문장이다. 지금은 4월이고, 잠에서 깬 금발의 소년처럼 몽롱한 태양이 내 머리 위를 한 칸씩 올라가고 있다. 나는 책을 펼치고 잠시 튈르리 공원에 다녀온다.

프루스트의 튈르리에는 고운 봄바람과 라일락 향기가 있고, 나의 튈르리에는 녹색 철제 의자 위로 길게 뻗

⁜ Marcel Proust, *Les Plaisirs et les Jours suivi de L'Indifférent et autres textes*, Gallimard, 1993.

은 다리와 배 위에 덮어놓은 『잃어버린 시간을 찾아서』가 있다. 4월에는 튈르리에서 프루스트를 읽었다. 내게는 그곳이 '스완네 집 쪽으로' 가는 길이었다.

"프루스트는 질색이라며?"

반려인이 내 책을 슬쩍 훔쳐보다가 묻는다.

프루스트의 산문을 번역하면서 "도대체 이 문장은 가고자 하는 곳이 어디야?"라고 반려인에게 물었던 적이 있다. 그때 그는 얄밉게 태연한 얼굴로 내게 말했다.

"없어. 어디를 가고자 하면 안 돼. 그냥 그 안에서 길을 잃어야지."

독서할 때는 그의 긴 문장 속에서 길을 잃는 경험이 아름답지만, 번역할 때는 구글 지도라도 켜고 가장 빠르고 정확한 길을 묻고 싶다. 그날 나는 끝나지 않는 문장을 붙들고 "이건 일이 아니라, 벌이야. 나 지금 벌받는 중이야"라고 말했다. 그러니 언제부터 프루스트를 좋아했느냐는 그의 놀림에 반박할 수 없다.

대학 시절에 좋은 글을 쓰는 법에 대한 강의를 들은 적 있다. 비결은 한마디로 단문, 단문, 단문이었고, 그날 강사가 강조했던 그 단어는 내 머릿속에 오랫동안 남아 있었다. 나는 군더더기 없는 짧은 문장이 좋은 글을 만든다고 믿어왔다. 그러나 절대적이었던 그 '미적 기준'이 유학 시절에 완전히 흔들리고 말았다.

작문 수업 시간이었다. 교수님이 내가 제출한 글을 보고 나를 조용히 불러 말씀하셨다. "너의 글은 언어의 아름다움을 완전히 무시하는 글이야. 음악으로 치면 악보를 죄다 스타카토로 연주하는 꼴이라고." 박한 평가를 듣고 집에 돌아와 프랑스문학 책들을 꺼내 펼쳐봤다. 그때 내 손에 들려 있었던 책이 바로 프루스트의 『잃어버린 시간을 찾아서』다. 그의 글은 장문, 장문, 장문. 말 그대로 장문의 향연이었다.

단문과 장문 중 무엇이 더 좋은 문장인지를 논하려는 것은 아니다. 내가 말하고 싶은 것은 이토록 다른 미적 가치를 추구하는 문학을 마주하면서 우리가 느끼는 곤란함과 어려움, 바로 그 '낯섦'에 대한 이야기다.

17, 18세기에 프랑스 귀족들은 궁에 모여 누가 얼마나 더 길고 아름다운 문장을 구사할 수 있는지 대결하는 놀이를 즐겼다고 한다. 음악처럼 흐르는 문장 속에서 헤매며 진짜 의미를 찾는 일, 그것은 말의 여행이나 다름없는 그들만의 유희였을 것이다. 반면 우리의 문학은 어떠한가. 간결하고 절제된 글이 남기는 침묵과 여운 안에서 우리는 상상의 나래를 펼치는 기쁨을 누려왔다. 아름다운 언어의 길을 헤매는 여행, 고요 속에서 자라는 상상.

무엇이 옳고 그르다고 할 수 있겠는가? 다름은 그저 다름으로 아름답다. 낯선 여행이든 자라나는 상상이든 독서는 우리의 좁은 세계를 조금씩 넓히는 가장 평화로운 방법이다. 기호에 따라 기분에 따라, 계절과 날씨에 따라 골라 읽을 수 있는 책은 얼마나 손쉬운 친구인가.

나의 취향을 고백하자면, 나는 프루스트를 봄에만 사랑한다. 꽃다발을 안겨 주듯 달콤함을 한 움큼 안고 내게 달려드는 봄바람이 불어야 그의 문장의 향기가 맡아진다. 그러니 봄만큼 프루스트를 사랑하기에 알맞은 계절이 또 있을까. 벚꽃이 날리면 라일락은 잘 몰라도 라일락의 슬픔이 무엇인지 알 것 같다. 마들렌을 접시에 담고, 홍차를 우리고 『잃어버린 시간을 찾아서』를 책장에서 꺼낸다. 1편부터 다시 읽을까, 3편부터 시작할까.

'오랜 시간'이란 단어로 문장이 시작된다. 그 책은 온통 과거형이다. 언젠가 문학과 친하지 않은 친구가 문학이 과거시제를 유독 편애하는 이유를 물은 적이 있었다. "과거 이야기에 매달려 봐야 아무것도 바뀌는 것은 없다"는 말을 덧붙이면서. 분명 기억은 문학의 단골 소재고, 기억을 미래형으로 쓰는 사람은 없다. 그리고 그 기억 문학의 대표 주자가 바로 프루스트다.

친구의 질문을 받은 이후로 프루스트의 책을 펼칠 때마다 '우리는 왜 나의 과거를 쓰고 남의 과거를 읽을까'를 생각한다. 물론 정답을 찾진 못했지만, 설득력 있는 남의 가설을 몇 개 발견하긴 했다. 그중에서도 지금 나의 의식 수준과 상황에 가장 맞는 것은 바로 질 들뢰즈의 해석이다.

그는 『잃어버린 시간을 찾아서』라는 책에서 중요한 것은 기억의 탐색이 아니라 배움이라고 말한다. 그 순간에 몰랐던 것을 나중에야 배우게 되는 이야기라고. 그래서 이 책은 '잃어버린 시간'이 아니라 '찾아서', 그러니까 '찾기'에 방점을 찍고 읽어야 하며, 배우는 것은 다시 기억하는 일이고, 배움을 위한 '찾기'는 과거가 아닌 미래를 향한다고 주장한다.

들뢰즈의 글을 읽으며, 병약한 몸으로 방에 갇힌 채 침대에 누워 대작을 쓴 프루스트를 상상해본다. 그의 모든 문장이 기억을 복기하며 아쉬운 과거로 돌아가는 걸음이었다면, 이 작품을 13년 동안 쓸 수 없었을 것 같다. 아픈 사람에게 현재와 내일은 그 무엇보다 소중하니까. 그런 생각을 하면 과거형의 문장들이 현재 또는 미래의 시제로 읽힌다. 잃어버린 시간은 과거에 있지만, 그걸 찾아내는 일은 지금 이곳의 일이자 미래를 위한 것이니까.

그러니 지금 내가 그의 글을 읽으며, 그가 남긴 흔

적에서 무언가를 찾을 수 있다면, 누군가의 과거가 나의 현재와 미래가 되지 않을까.

라일락의 슬픔을 상상하며 프루스트의 책을 펼치고 이 글을 쓴다. 봄은 너무 짧고, 그는 너무 긴 글을 남겼지만, 내게는 아직 많은 봄이 남아 있으니 조급할 이유는 없다.

짧은 에필로그

프루스트의 『잃어버린 시간을 찾아서』를 그림책 버전으로 옮기게 됐다. 올해 봄에는 다시 프루스트다!

우리가 잔을 높이 들어 올릴 때

와인의 나라, 프랑스로 떠난 유학생에게 잔의 역사는 이케아 이전과 이후로 나뉜다. 머그 컵 하나로 물과 커피, 차, 술을 해결하던 생활 속에 원시적 도구로서 존재했던 잔은 이케아를 만나 비로소 음료별로 구분되었고, 더 아름다운 잔을 욕망하고 소비하면서 잔에는 그것을 과시하는 심리적, 사회적 요소가 결합된 가치가 더해졌다.

이 가치 이행의 시작은 작은 와인 잔이었다. 이케아에 처음 가면 반드시 장바구니에 담게 된다는, 이름도 신기한 푀르식틱트. 와인의 종류에 따라 다른 풍미를 살리는 데 전혀 도움이 되지 않는 잔이지만, 머그 컵 시대를 살았던 사람에게는 충분히 우아한 도구가 될 수 있다. 유학생이 사는 집의 주방 찬장을 열면 누텔라와 순창 고추장 그리고 이 뫼르식틱트 잔이 있다. 열에 여섯, 아니 열에 일곱은 그렇다.

이 잔이 빛을 발하는 곳은 역시 여름의 센강과 공원이다. 사람들이 삼삼오오 모여 앉아 이 작고 앙증맞은 잔을 높이 들며 건배를 외친다. 잔은 채워지고 비워지고 다시 채워지기를 반복하고…… 마침내 '쨍그랑' 울리는 맑고 고운 소리. 그렇다, 뫼르식틱트 유리잔은 반드시 깨지게 되어 있다. 여름과 알코올의 열기 그리고 젊은 날의 열정을 그 얇은 유리가 감당해낼 리 없다. 나는 가만히 있는데 잔이 미끄러지네…… 다시 쨍그랑. 취했다는 소리다. 그러나 잔의 주인인 나는 결코 화를 내지 않는다. 뫼르식틱트의 값은 한 세트(6개)에 2.49유로, 그러니까 잔 하나에 0.415유로. 기차역 공중화장실 이용료보다 저렴하니까.

여름밤은 깨지기 위해 존재하는 시간이다. 더위에 지친 하루도, 어쩐지 소원해진 우리 관계도, 거기 찰싹 붙어 있는 그 커플도, 싸구려 술잔도 모두 쨍그랑. 내가 프랑스에서 살며 18년 동안 깨부순 뫼르식틱트 유리잔을 쌓아보면 작은 무덤 하나는 나올 것이다. 그리고 그곳에 내 청춘과 순수했던 어린 간이 영면하고 있으리라.

뫼르식틱트와 함께 보낸 여름이 지겨워질 때 즈음

에 찬장을 열어보면, 와인 잔이 모조리 사라졌음을 발견하게 된다. 여름 내내 머나먼 이케아 왕국에서 건너온 그 잔들은 모두 어디로 갔을까. 어쩌면 잘된 일인지도 모른다. 다가오는 서늘한 계절에는 술잔이 아니라 커피 잔이 어울릴 테니까. 책과 함께 오롯이 혼자가 될 것을 다짐한다. 가슴 깊은 곳에서는 에스프레소만큼 여운 짙은 만남을 꿈꾸면서…….

마침내 어느 가을, 카페에 앉아 에스프레소 커피 잔을 가만히 바라보며 시간의 흔적을 느낀다. 카페와 역사를 함께한 세월을 담은 잔들. 혹시 사르트르와 시몬 드 보부아르도 이 커피 잔에 커피를 마셨을까? 아니다, 그들은 주로 술잔을 붙잡고 있었다. 알코올의존자였던 사르트르는 하루에 1리터의 술을 마셨다고 한다. 시몬 드 보부아르도 다를 것 없다. 그들의 좌파 문화운동과 문학은 와인, 맥주, 위스키, 보드카가 오가는 파티에서 점화됐고, 카페 드 플로르나 쿠폴 같은 명소에서는 화이트와인으로 심장과 뇌를 달궜다고 하니, 이 두 알코올의존자 혹은 알코올 애호가의 찬장을 채운 술잔은 그들의 서가를 채운 책만큼이나 매력적이고 관능적이었을 것이다. 사르트르와 보부아르의 술잔, 그들이 건네는 술잔을 들고 '상테santé'(건배)를 외쳤을 지식인들을 상상해본다. '쨍', 실존과 자유를 부르는, 부르주아 세계의 해체를 알리는 맑고 고운 소리. 그것은 한 철학자의 생각이 지식인의 사상이 되고, 지식인의 사상이 다수의 움직임이 되면, 그 움직임이 마침내 물결이 되는 여정의 첫 번째 신호탄이었으리라.

그러나 그 거창한 건배는 카페 드 플로르에서 가장 저렴한 에스프레소를 마시는 나와 다 식은 커피 잔을 한없이 초라하게 만든다. 그 앞에서 셀카와 인증 숏을 열 장 찍는 너의 예쁜 표정과 몸짓도.

"우리도 사르트르나 시몬 드 보부아르처럼 지적이고 건설적인 이야기를 나눌 수는 없을까?"

나의 질문에 너는 이렇게 답한다.

"야, 그냥 가만히 있어. 그들이 이미 할 거 다 했잖아."

생각해보니 그런 것 같다. 존재에 대해, 자유에 대해, 세상에 꼭 필요한 말은 이미 그들이 몇십 년 전에 술잔을 부딪치며 다 해버렸다. 그러니 억울하지만 너무 늦게 태어나 할 말이 없는 나는 그저 커피 잔만 더듬는 수밖에.

그러나 사르트르의 '실존주의'나 보부아르의 '제2의 성'을 아무리 곱씹어도 해결되지 않는 긴 밤이 있다. 책으로는 채울 수 없는 너무 느린 시간 그리고 더딘 혈액의 속도. 부스터가 필요한 순간이다. 나는 다시 찬장을 연다. 누텔라는 이미 뱃속으로 사라졌고, 얼마 남지 않은 순창 고추장과 와인 잔 대신 머그 컵이 있다. 다시 원시시대로의 회귀인가. 머그 컵에 와인을 가득 담고 티브이를 켠다. 화면 속 여배우의 조막만 한 얼굴이 커다란 와인 잔 뒤에 숨어 있다. 붉은 액체 뒤에서 흔들리는 입술. 나는 순식간에 그 관능적인 장면에 사로잡혀 홀린 듯이 말한다. 지금 너에게 필요한 것은 바로 저것, 저 섹시한 와인 잔이라고.

다음 날, 나는 이케아로 향하는 교외 철도에 몸을 싣는다. 집 근처 슈퍼에서도 파는 그 잔을 사기 위해 굳이 한 시간 반씩이나 걸리는 이케아까지 가는 이유는 그곳에서 파는 핫도그나 7유로짜리 식사 때문만은 아니다(조금은 맞다). 성인들의 디즈니랜드라고 하면 설명이 될까. 그곳에는 가질 수 있음 직한(결국 가질 수 없으나) 유혹들이 있다. 술잔을 바꾸면 조금 더 정돈된, 우아한 삶이 열릴 수 있을지도 모른다는 욕망을 불러일으키곤 하는.

그날 밤, 나는 새로 산 보르도 와인 잔을 들고 거울 앞에 선다. 물론 얼굴이 가려지진 않지만, 붉은 물결 뒤에 숨은 코와 입술로도 만족한다. 이 잔은 너무 많은 사람과 나누고 싶지 않다. 작은 목소리로 은밀한 이야기를 나눌 수 있는 이들과 마시고 싶다. 손목의 힘을 빼고 가볍게 짠, 맑고 고운 비싼 와인 잔 소리. 천천히 우아하게 마셔보자. 레드와인을 담아 마시는 보르도 와인 잔은 볼의 면적이 넓고 깊으며 입구가 살짝 좁다. 복합적인 레드와인의 향을 잘 느끼게 하기 위해서다. 모든 사물의 꼴은 저마다 이유가 있다, 모든 존재처럼. 그렇다면 나는? 나의 꼴은? 나의 어느 곳이 넓고 깊으며, 좁은 곳은 어디인가? 얼굴이 조금 큰 이유는, 혹시 레드와인의 향만큼 복잡한 생각 때문일까? 술잔을 살짝 부딪치며 묻고 대답하며 웃는다. 누군가는 '술 깨고 나면 다 쓸데없는 소리'라고 말한다. 그렇다. 잔을 비울수록 그 밤의 모든 것은 휘발되고 감각만이 남는다. 와인 잔을 쥐고 있던 손, 슬그머니 건넸던 손, 와인 잔에 닿았던 입술, 작게 내뱉었던 숨.

잔은 액체에 형체를 만들어주고 형체는 감각을 부여한다. 그리고 감각은 구체적인 기억을 남긴다. 나는 잔을 쥐고 있던 손과 살포시 포갠 손, 잔에 닿았던 입술과 잔을 채우던 숨과 내게 와 닿았던 입술을 기억한다. 그 짧고 짙은 숨의 온도를.

밤은 가고 사람은 떠났다. 다시 혼자다. 이제 잔들은 지난 감각과 시간을 얼룩으로 잔뜩 묻히고 설거지통에 처참히 널브러져 있다. 술을 마시다가 하는 설거지는 키스하다 떠나는 사람만큼 야속한 것. 나는 잔에게서 등을 돌린다. 밤은 긴데, 내게는 아직 술이 남았고. 찬장을 연다. 머그 컵이 덩그러니 있다.

다시 머그 컵인가.

머그 컵에 술을 가득 따라 허공에 건배! 건배의 기원을 아는가? 중세 시대에는 사람들이 술을 마실 때 잔을 높이 들어 세게 부딪쳤다고 한다. 자신의 잔에 담겨 있던 술이 상대방의 잔으로 튀어 들어가도록. 독이 없음을 증명하기 위해서다. 나는 지금 허공을 향해 잔을 부딪치며 신에게 묻는다. 신이시여, 이 잔에는 독이 있습니까? 당신은 숙취라는 독으로 나를 죽이시렵니까? 물론 지금 나는 취했고, 내일 죽을지도 모른다. 아니, 숙취로 죽을 것이다. 그걸 알면서도 마시는 이유는, 장 그르니에의 말을 빌리자면, 잔에 담긴 술은 신을 향한 인간의 사랑이자, 인간을 향한 신의 사랑이며, 그것이 세상의 내재성을 상징하든 저 높은 곳의 초월성을 지시하든 그 잔은 승화의 대상, 즉 마셔버려야 할 대상이기 때문이다. 그러니까 건배! 그래 봐야 딱 한 잔이다. 머그 컵에 가득, 딱 한 잔.

꿈이 진실이 될 때까지

호르헤 루이스 보르헤스의 『보르헤스의 꿈 이야기』라는 책을 읽고 있다. 이 책을 읽는 장소는 언제나 침실이다. 일과를 마치고 침대에 누워서 파란색 커버가 인상적인 책을 생쥐가 치즈를 먹듯 조금씩 맛있게 파먹는다. 침실의 조명은 매우 어둡다. 엄마에게 '굴속에 들어간 쥐 새끼처럼 어두컴컴한 곳에서 산다'라고 핀잔을 받지만, 나는 아직 한국의 새하얀 형광등에 적응하지 못했다. 어쩌면 그토록 눈부신 세상에서 살까. 내겐 밤을 환히 밝히고자 하는 욕망이 없다. 눈이 감기기 직전까지 어둡게, 어둡게 가라앉다가 밤에 녹아버리고 싶다. 육체가 흐물흐물해지면 영혼의 시간이 찾아온다지. 보르헤스의 책에 나오는 말이다. 책 속의 문장처럼 영혼이 극장, 배우, 관객이 되어 자유를 누리는 것이 꿈인지도 모르겠다. 잠의 세계로 빠지기 30초 전, 나는 영혼의 소소한 극을 기대한다. 어떤 독립영화처럼 잔잔하고, 소박한 내용이면 좋겠다. 블록버스터는 취향이 아닌데……. 그러나 놀랍게도 내 꿈은 언제나 블록버스터처럼 화려하게 전개된다. 부서지고, 터지고, 죽고, 죽이고, 도망치고……. '마블' 시리즈보다는 오래된 영화, 〈다이하드〉(오래된 레퍼런스에 사죄드리며)에 가깝다. 그런 꿈을 꾸다가 깨면 먼저 내 안에 숨은 파괴성과 폭력성에 당황하고, 이윽고 피로와 서글픔이 밀려온다. 아무도 내게 "그게 다 키 크려고 그러는 거야"라고 말해주지 않을 테니까. 내 키는 농담으로도 더는 자라지 않는다.

꿈에 관한 글을 써본 적은 없다. 꿈을 쓰는 일은 어렵게 느껴진다. 가장 큰 이유는 꿈이 거짓으로 해석되는 게 두려워서다. 그러니까 '내가 그를 만나, 그를 안고 펑펑 울었는데, 그것은 모두 꿈이었어'라는 말이 '그것은 모두 거짓이었어'로 들릴 슬픈 가능성 때문이다. 현실이 아닌 것도 진실이 될 수 있다고 주장하기에 꿈은 설득력이 부족하다. 꿈이라는 극을 지켜본 관객은 나와 내 영혼 딱 둘뿐이고, 영혼은 대체로 침묵하는 존재이니까.

진실을 지켜본 존재는 딱 둘인데 둘 중의 하나가 침묵한다면, 그럴 때는 보통 입을 다물고 있는 게 맞다. 괜

한 오해를 사거나 이상한 사람 취급을 당할 수도 있으니까. 나는 꿈이란 비밀스럽게 간직하는 편이 낫다고 생각한다. 그런데 꿈을 소란스럽게 떠벌리는 사람을 한 명 알고 있다. 엄마다. 아침부터 휴대폰에 엄마의 번호가 찍혀 있다면 그건 엄마가 지난밤에 꾼 꿈 이야기를 하기 위해서다. 엄마의 꿈속에는 내가 자주 등장하는데, 나는 연예인에게(내가 전혀 관심 없는 사람일 확률이 높다) 꽃다발을 받거나, 바다 앞에서 해일을 만나거나, 화장실 물이 넘쳐 배꼽까지 차오르거나, 이건 좀 부끄럽지만, 응가를 하기도 한다(엄마는 특히 이 꿈을 좋아한다). 엄마의 해석을 빌리자면 유명한 사람을 만나는 꿈은 유명해지는 것이고, 해일을 만나면 말 그대로 대박이고, 물에 빠지면 재물 복이 넘치고, 응가를 하면 그냥 돈을 많이 번단다. 그리고 해몽의 마지막은 늘 이렇게 끝난다.

"너 두고 봐라, 엄마 꿈이 얼마나 잘 맞는지!"

꿈의 유통기한이 얼마나 되는지 모르겠다. 지금까지 아무 일도 일어나지 않았는데……. 물론 이것은 나의 해석이다. 엄마의 해석은 분명 다를 것이다. 그 예로, 최근 인스타그램을 시작한 엄마는 누군가 내 책을 포스팅해서 올린 것을 보고 이렇게 말했다.

"엄마가 말했지? 대박이라고! 화장실 물이 넘쳤다니까!"

감사한 일이기는 하지만 그게 과연 화장실 물을 뒤집어쓸 정도의 대박일까. 내가 의심의 눈빛을 보내면 엄마는 다시 한번 자신의 꿈의 정확성을 강조하며 말한다.

"역시, 내 꿈은 정확해!"

엄마는 지나치게 긍정적인 사람이고, 그래서 꿈조차도 '좋은 쪽'으로 가기 위한 수단으로 이용한다. 나는 그런 엄마가 귀엽고, 귀찮고, 또 그런 엄마에게 고맙고, 미안하다.

엄마가 꿈의 해설자가 되기 시작한 것은 아빠의 사업이 망한 이후부터다. 드라마에 나올 법하게 폭삭 망한 집에서 엄마는 밤마다 꿈을 꿨고, 그 꿈을 해석하기 시작했다. 힘겹게 산을 오르는 꿈, 아주 높은 곳까지 올라 마지막 깃발을 잡는 꿈, 진흙탕을 빠져나와 맑은 호수에서 수영하는 꿈. 엄마의 꿈은 대체로 모험 혹은 산악, 재난 영화에 가까웠는데, 마지막에는 꼭 어딘가에 '닿는다'라는 특징이 있다. 산의 정상이나 계단 꼭대기 같은 곳, 거기서 손을 내민다고 한다. 밑에서 올라오는 나를 위해서.

엄마의 꿈이 지긋지긋할 때도 있었다. '다 잘될 거야'라는 무책임한 긍정의 말이 폭력적으로 다가왔던 시절의 이야기다. 그때 내가 자신에게 보낼 수 있는 가장 다정한 위로는 '괜찮아' 정도였고, 그 말 속에는 어떻게든 지금, 이 현실 속에서 '괜찮을 방법'을 찾아야 한다는 의지 같은 것이 있었는데, '다 잘될 거야'라는 말을 들으면 이상하게 힘이 빠지는 기분이 들었다. 그런 말을 들으면 다 잘되는 날은 어떻게, 언제 오는지를 따져 묻고 싶어졌으니까. '괜찮은' 정도로만 살고 싶다고, 미래까지는 바라지도 않는다고, 신의 계시도, 꿈의 의미도 필요 없다고 얼마나 많은 날에 엄마에게 눈빛으로 따져 물었던가. 엄마의 그 이상한 꿈이 나를 지치게 한다고 몇 번이나 침묵의 비명을 질렀던가. 그 시절 내게는 눈앞에 없는 모든 것이 다 거짓이었다.

"지금 눈에 보이지 않는다고 거짓은 아니야."

언젠가 엄마가 말했다. 농담처럼 "엄마 꿈은 하나도 안 맞는 것 같아"라는 말에 엄마의 얼굴은 제법 진지했다. 나는 그런 엄마가 무서워서, 더 정확히 말하자면 엄마를 슬프게 만드는 것이 무서워서(사랑하는 모든 관계가 그렇듯이) 입을 다물었다. 사실은 눈에 보이지 않는 것은 아직 오지 않은 것이라고 말해주고 싶었는데……. 나는 절망으로부터 빠져나갈 동아줄이 아니라 스스로 납득할 수 있는 방향과 걸음으로, 그것이 희망을 향한 길이든, 더 깊은 절망으로 빠지는 길이든 천천히 나아가길 원했다. 눈에 보이는 분명한 것들을 마주하며, 발바닥을 땅에 붙이고 살고 싶었다. 함부로 날다가 추락하고 싶지 않았다.

엄마는 땅에 묶인 나의 발을, 나는 공중에 붕 뜬 엄마의 발을 이해하지 못했다.

그러나 천상계와 지상계, 각자 사는 세계가 다른 모녀가 만나는 곳이 있다. 바로 별자리 운세나 엄마의 친구들이 휴대폰 앱으로 봐주는 사주다. 돈을 빌려주지 말 것, 사람을 너무 믿지 말 것, 문서에 함부로 사인하지 말 것 등, 대체로 별자리나 사주를 보지 않아도 할 수 있는 말들이 대부분이지만, 그중에서 내 호기심을 자극하는 것들이 있다. '행운의 색' '행운의 숫자' 같은 것들이다. '하얀색'이 나의 행운의 색이라면, 나는 중요한 만남에 하얀색 옷을 입는다. 또 '2'가 행운의 숫자라면, 기차를 탈 때 되도록 2번 좌석에 앉는다. 지상계에 사는 사람이 그런 미신을 믿느냐고 따지면 할 말은 없지만, 그 정도의 귀여운 노력으로 얻을 수 있는 작은 행운은 받아도 되지 않을까. 내 손안에 들어올 만큼 소박한 행운이라면 놓치고 싶지 않다.

다시 『보르헤스의 꿈 이야기』로 돌아와서, 요즘 내 기쁨은 잠들기 전, 이 책에서 나온 꿈의 이야기들과 그 꿈이 문학적으로 한 줄씩 쌓이는 광경을 목격하는 일이다. 나는 '대박' 꿈을 믿진 않지만, 꿈이 가장 오래되고 복합적인 문학적 장르라는 보르헤스의 말은 믿어 의심치 않는다.

꿈은 이야기의 영감이다. 영감과 계시는 다르다. 계시의 주체는 '나'가 아닌 '그 누군가'이고, 삶이 그가 정해놓은 곳으로 흘러가는 것이라면, 그의 뜻을 미리 안다고 달라질 것이 뭐가 있겠는가. 그러나 '영감'은 다르다. 누군가 살짝 불어넣어준 '숨'처럼, 그것은 형체 없이 내게 온다. 그러니까 형체를 만드는 주체가 '나'인 것이다. 꿈을 재료로 쓴, 영감으로 쓴 모든 문학은 지금까지 그런 식으로 보이지 않는 것들을 진실한 무언가로 바꾸어놓았다. 눈에 보이지 않는다고 거짓은 아니라는 엄마의 말은 분명 틀리지 않다. 눈에 보이지 않는 것을 보이는 것으로 만들어내는 것이 창작자의 몫이니까. 물론 문학만을 이야기하는 것은 아니다. 인생이라는 커다란 창작품에 비하면 문학은 그저 작은 극이지 않은가.

블록버스터를 좋아하는 엄마는 꿈으로부터 삶을 창작하는 사람이다. 나는 엄마의 꿈은 믿지 않지만 엄마의 창작품은 믿는다. 그리고 영혼의 소소한 극을 좋아하는 나는, 꿈으로부터 받은 영감으로 작은 글을 쓰며 살고 싶다.

눈에 보이지 않는 것들이 진실이 될 때까지.

꿈 바깥의 삶

여름밤, 지인들과 함께 희곡을 읽었다. 가을밤에 한 번, 봄밤에 한 번, 어느덧 세 번째다.

우리의 첫 번째 모임의 주인공은 체호프와 뱅쇼였다. 작은 서점 안에 퍼지는 뱅쇼의 계피와 오렌지, 달짝지근한 와인 향이 그 밤에 참 잘 어울렸다. 사람들이 가져온 떡과 빵을 나눠 먹고, 배역을 정하고, 우리는 체호프의 세계로 입장했다.

처음에는 쑥스러워서 고개도 들지 못하던 사람들이 어느새 극에 푹 빠져 배우들처럼 열정적으로 읽기 시작했다. 재미있는 상황을 연기하거나 대사를 할 때면 여기저기서 까르르 웃음소리도 들렸다. 헤어질 때쯤에 우리는 이미 체호프의 '세 자매'들이었고, 자연스럽게 다음 모임을 약속하게 됐다. 희곡 모임이 만들어진 것이다. 모두 체호프와 벵쇼 덕분이었다.

두 번째 만남은 겨울의 흔적이 조금 남아 있던 봄밤이었고, 작은 카페에서 셰익스피어의 『맥베스』를 읽었다. 와인 잔을 손에 쥐고 맥베스를 파멸과 저주로 몰아넣는 친구들의 붉은 얼굴이 어찌나 귀엽던지! 그들을 보고 있노라니 사람이 사람을 만나는 이유가 혼자서는 절대 찾아낼 수 없는 서로의 아름다움을 발견해주기 위해서라는 생각이 들었다. 모두 각기 다른 모습으로 아름답다.

세 번째 모임의 주인공은 앨런 버넷의 『예술하는 습관』이었다. 친구들은 이미 예술가가 되어 종이 위에 누운 글자들을 일으켰다. 희곡집을 펼치는 순간, 우리는 배우가 되고, 우리가 모인 곳이 작은 극장이 된다.

스무 살에 소극장에서 연극 한 편을 본 이후로 내 꿈은 줄곧 극장이었다. 배우나 연출가 같은 특정 직업을 원했던 것은 아니고 그저 극장이 좋았다. 컴컴한 곳에 빛이 들어오는 순간, 모든 게 새로 창조되는 마법과 누군가의 영혼처럼 떠다니는 먼지들과 배우들의 목소리, 숨소리, 객석의 부스럭대는 소리까지 좋았다. 대학로의 극장 주변을 돌아다닐 때면 막연히 극장에서 사는 삶을 상상하곤 했다. 이 극장 안에서 나는 무엇이 되어 있을까? 그 물음만으로도 하루가 갔다.

유학을 가게 되면서 파리에 있는 한 대학의 연극과에 입학했다. 연극과에서는 다양한 공부를 했다. 연극사부터 연극 이론, 실기, 고전극, 현대극. 그러나 정작 나는 무엇이 내 것이고, 어디가 내 자리인지 알지 못했다. 연출을 하자니 번뜩이는 아이디어가 없었고, 배우를 하자니 끼가 없었고, 희곡을 쓰자니 외국어로 쓸 자신이 없었다. 극장이 좋아서 시작했는데, 막상 직업으로 삼자니 뭘 해도 실력이 부족한 것 같았다. 시간이 실력이라고 오래 버텼으면 뭐가 되었을까? 가끔은 그렇게 이루지 못한 꿈에 미련을 갖기도 한다.

졸업 후에 잠시 극단에 들어갔지만, 금세 포기했다. 경제적인 이유가 제일 컸다. 아르바이트를 몇 개씩 해야 하는 상황에 지쳤고, 무엇보다 불안한 미래를 견딜 수 없었다. 한국 식당에서 일하려고 프랑스에 온 것인지, 베이비시터를 하려고 논문을 쓰는 것인지, 나조차도 헷갈렸다. 극장 주변을 맴도는 동안 나는 점점 가난해졌다. 곧 서른인데 왜 이렇게 돈이 없지? 나 자신에게 물을 때마다 부끄러웠고, 이대로 살 자신이 없었다. 마흔이 되고, 중년이 되어서도 좋아하는 것 주변을 맴돌며 살 수 있을 것인가. 몇 번을 물어도 대답은 하나였다.

그만두자.

그때쯤에는 좋아하는 일을 한다고 말하면서도 줄곧 화가 나 있었다. 누구는 부모를 잘 만나서 이런 연극을 할 수 있는 것이다, 쟤는 뒤를 봐주는 사람이 있는 거다, 나도 저렇게 지원해주면 저 정도는 만들 수 있을 것이다 등등. 매일 헐뜯고 화내기에 바빴다. 나의 꿈은 나를 망가뜨리고 있었다. 어느 순간에는 덜컥 겁이 났다. 나는 정말이지 꿈속에서 망가진 채로 살고 싶진 않았다.

결국 연극을 그만뒀다. 그만두는 건 너무 쉬웠다. 더는 유명한 연출가의 인기 있는 공연을 보기 위해 목을 매지 않아도 되어서 좋았다. 국립극장의 비싼 정액권을 끊을 필요도 없었고, 학생이 아니라서 할인을 받을 수 없으니 이제는 극장에 가지 않겠다고 다짐했다. 꿈의 자리를 채웠던 것들이 다 빠져나간 뒤, 내게는 남은 게 없었다. 그저 하루하루 생활비를 벌기 위해 애썼을 뿐이다. 그것은 꿈 바깥의 삶이었고, 나의 배움은 꿈이 사라지자 아무런 쓸모가 없었다. 한동안 텅 빈 사람으로 살았다. 모든 게 신기루처럼 사라지고 난 후에야 내가 단 한 번도 꿈 바깥의 삶을 살뜰하게 돌본 적이 없음을 깨달았다. 그런데 생각해보면 이상하지 않은가. 내가 아는 사람들 대부분은 꿈을 이루지 못하고 살아가는데, 왜 아무도 우리에게 꿈 바깥의 삶을 살아가는 법을 가르쳐주지 않았을까. 나는 무엇이 되기 위해 노력하는 동안에도 무엇이 되지 않았을 때의 삶을 사는 법을 배웠어야 했다. 무엇을 하든 나로서 사는 일을 존중하고 인정하는 법을 배웠어야 했다.

꿈에서 걸어 나와 그 바깥을 사는 내게 중요한 것은 간절히 원하는 것을 이루는 방법이 아니라, 간절히 원하지는 않았지만 내 앞에 나타난 이 현실을 유쾌하게 끌어안는 법이다. 현실에 꿈이라는 환상 한 방울을 섞는 법 말이다. 그런 의미에서 우리가 모인 장소를 우리만의 작은 극장으로 만들어 서로의 배우가 되고 관객이 되는 일은 나의 현실에 꿈 한 방울을 섞는 일이라고 할 수 있겠다.

여름밤에 읽은 그 희곡에서 가장 인상적이었던 것은 "인생에서 정말 심각한 건 생활비를 버는 것하고 이웃을 사랑하는 거예요"라는 대사였다. 이제 내게는 간절히 이루고 싶은 꿈은 없지만, 생활비를 벌고 이웃을 사랑하면서 성실하게 가꿔나가고 싶은 현실이 있다. 책을 펼치면 어디든 극장이 되는 꿈 한 방울도 있다. 그러니 지금 꿈을 향해 달려가는 당신, 꿈 바깥의 삶도 제법 살 만하니 실패를 겁내지 말고 신나게 달리길. 그리고 현실을 사는 당신은 생활비를 벌고 이웃을 사랑하며 꿈처럼 아름답길.

2

당신과 내가 포개지는 지금

나의 여름과 당신의 여름이 만나면

"아, 여름 진짜 징그럽다."

무더위에 하루에도 몇 번씩 절로 나오는 소리다. 호숫가에 있는 우리 집은 여름이 되면 끝내주게 습하고 덥다. 설상가상으로 에어컨이 고장 나서 일주일도 넘게 수리 기사님을 기다리는 중이다. 내 생에 그 어떤 사람도 나를 이토록 애태운 적이 없었던 것 같다.

도저히 버티기 힘든 저녁이 되면 우리 가족은 습식 사우나 같은 집에서 탈출해 호수 주변을 배회한다. 반려견 이안이는 혀를 길게 뺀 채 걷고, 나와 반려인은 무거운 몸을 이끌고 오리 떼처럼 나란히 해가 지는 호수를 돈다.

호수 공원에 들어서면 동네 체육대회처럼 사람들이

줄지어 걷고 있다. 옆집 아저씨도, 아줌마도, 윗집 신혼 부부도 마주친다. 시원한 바람 한 줄기를 찾아 나왔거나 일몰을 보러 온 사람들이다. 여름만큼 사람이 싫은 계절이 없는데 사람의 행렬이라니……. 그러나 이런 저녁에는 어쩔 수 없이 호수의 둥근 어깨를 사이좋게 나눠 갖는다. 사람뿐 아니라 벌레, 개구리, 두꺼비도 함께. 오늘은 두꺼비 세 마리가 행렬에 합류해 사람들을 놀라게 했다. "엄마야" 하고 주저앉는 여자들, "만지지 마" 하고 손을 뻗는 아이들에게 소리치는 어른들. 그러거나 말거나 자신의 길을 가던 두꺼비는 어쩐지 조금 더 원초적인 시간으로 들어오라는 여름의 손짓인 것만 같다.

나도 두꺼비의 등장에 뒷걸음질을 치다가 "할머니도 ○○이 사랑해"를 외치는 할머니 한 분을 봤다. 영상통화도 아닌데 머리 위로 반쪽짜리 하트를 그리시는 모습이 너무 귀여웠다. 호수 너머로 지는 해를 두고 해가 물에 빠졌으니 당장 구하러 가겠다는 아이의 우렁찬 목소리도 들렸다. 어느 중년 여성은 개구리의 울음을 듣고 옛 만화영화의 주제가를 흥얼거린다. "네가 울면 무지개 연못에 비가 온단다. 삘릴리 개굴개굴 삘릴릴리~." 나는 그 반가운 멜로디에 살포시 화음을 얹어본다. 삘릴릴리~. 앞사람의 어깨 위에 대왕 모기가 앉았다. 차마 손바닥으로 내리칠 수 없어서 기침만 두어 번. 그러나 모기는 꿈쩍도 하지 않는다. 이제 막 사랑을 시작한 연인들이 손을 잡고 함께 걸으며 서로의 취향을 말한다. 삼겹살보다 치킨이 더 좋고, 고소한 커피보다 산미 있는 커피가 더 좋은, 취향이 닮은 두 사람. 그러나 역시 냉면에서 갈리고 만다.

"나는 비냉이 좋아."

"어! 나는 물냉이 더 좋은데."

연인은 잠시 걸음을 멈추고 서로를 마주 보다가 시원하게 웃으며 말한다.

"그럼 이제부터 물냉을 좋아해볼 테야."

서로 손뼉을 마주치는 그들을 보며 나는 내가 건너온 어떤 여름들을 떠올린다.

여름은 내게 늘 특별한 계절이었다. 도시의 공원에서 친구들과 처음으로 밤새 술을 마셔본 것도 어느 여름이었고, 좋아하던 남자애와 첫 데이트를 한 것도, 단짝과 단둘이 바다로 처음 여행을 떠난 것도, 센강에서, 에펠탑이 보이는 샹드마르스에서 기타를 들고 목청껏 노래해본 것도 모두 여름이었다. 돌이켜보면 그 여름 동안 나는 함께했던 친구들로부터 늘 무언가를 배웠던 것 같다. 소주와 맥주를 맛있게 마는 법부터 해장라면을 끓이는 법, 모래성 쌓는 법, 기타의 기본 코드 등등. 친구들의 서머스쿨은 늘 배꼽 빠지게 즐거웠고, 우리의 이 시간이 영원

할 리 없다는 생각에 늘 조금 서글펐다. 누가 가르쳐주지 않아도 우리의 여름 같은 젊음이 끝나면 모든 게 조금씩 달라지리라는 것을 우리는 예감하고 있었다.

여름에 만나 좋아하게 된 언니가 있었다. 언니는 얼굴이 동그랗고, 그 당시 유행했던 캐릭터 뿌까처럼 머리를 묶고 다녔는데, 그 모습이 꼭 인형 같아서 프랑스 친구들 사이에서 '동양 인형'이라고 불렸다. 언니는 비싼 옷을 사 입지 않았지만, 구제 옷 가게나 H&M에서 예쁜 것들을 기가 막히게 잘 골라냈다. 처음으로 언니 손에 이끌려 마레에서 쇼핑했던 날이 떠오른다. 언니는 구제 옷 가게에서 내게 딱 어울리는 빈티지 블라우스를 찾아냈고(5유로밖에 하지 않았다), H&M에서 최신 유행하는 선글라스를 선물해줬다.

"스키니 바지, 빈티지 블라우스, 선글라스. 오케이, 좋아! 가자!"

그렇게 머리부터 발끝까지 언니가 시키는 대로 꾸민 나는 언니의 손에 이끌려 작은 공연장에 들어갔다. 기타를 들고 조곤조곤 말하듯 노래하는 영국 가수, 맥주를 마시면서 음악을 듣는 사람들이 있는 곳. 공연이 시작되자 영국 가수는 Beck의 〈Everybody's Gotta Learn Sometime〉을 불렀고, 조명은 점점 어두워져 옆에 있던 언니의 코끝만 겨우 보였다. 노래가 끝나자 가수는 아주 위트 있게 관객들에게 물었다.

"Girls, Did you shop at H&M애들아, H&M에서 쇼핑했니?"

언니의 웃음소리가 들렸다. 정확한 이유는 알 수 없지만, 그때 그 순간을 잊지 못한다. 누구에게나 잊히지 않는 청춘의 한 장면이 있지 않은가. 나는 그때 막연히 내가 가장 젊은 순간을 살고 있다고 느꼈던 것 같다.

언니가 즐겨 입는 빈티지드레스, 한쪽 입꼬리만 살짝 올라가는 웃음, 느린 몸짓, 언니가 듣는 음악, 내게는 모든 게 동경의 대상이었다. 언니는 내가 모르던 세계로 나를 초대했다. 그곳에는 여자를 좋아하는 여자 친구들, 남자도 좋아하고 여자도 좋아하는 친구들, 그리고 그런 친구들이 즐겨 다니는 바와 클럽이 있었다.

언니의 친구들은 모두 센스 있는 옷과 내가 한 번도 들어본 적 없던 감각적인 음악을 좋아했고, 동성애 혐오 발언에 분노했고, 가까운 가족에게나 적당히 친한 친구에게 애인을 숨겨야 할 때 슬퍼했다. 나는 언니의 친구들이 엉덩이나 가슴 큰 여자들을 좋아하는 남자들이 아니라 Beck의 공연, 미셸 공드리의 영화, 빈티지 원피스를 좋아하는 게 좋았다. 내게 그들의 세계는 무해해서 아름다웠다.

언젠가 여름밤에 언니의 집에서 언니의 애인과 인디

음악을 들었다. 아이돌 음악이나 1990년대 발라드에 머물러 있던 내게 언니와 언니의 애인이 알려준 음악은 너무도 세련되고, 감각적이며 어쩐지 고요했다. 그때 언니네 집에서 듣고 좋아하게 된 인디 그룹 중 하나가 '소규모 아카시아 밴드'다. 아, 사람이 이렇게 말하듯, 읊조리듯 노래할 수 있구나, 그게 참 아름답구나. 그런 것을 알려준 음악이었는데……. 지금도 그 음악을 들을 때면 언니가 나타나 병맥주를 건네며 물을 것 같다.

"Girl, Did you shop at H&M?"

어쩌다 보니 언니와 멀어졌다. 특별한 계기가 있었던 것은 아니고 여름이 지나고, 날씨가 쌀쌀해질 때쯤 언니와 연락이 뜸해졌다. 애인과 헤어졌다는 소문을 들었는데, 그때 나는 남자친구가 생겼고, 가까웠다가도 자연스럽게 끊어지는 인연이 적지 않아서, 또 상처받고 싶지 않아서 그냥 멀어지게 됐던 것 같다. 멀어지게 됐다는 말, 이렇게 쓰고 보니 우리는 서로에게 참 조용한 상처를 준 것 같다. 요즘도 언니와 들었던 노래를 가끔 듣는다. 내가 듣는 플레이리스트에는 언니가 알려준 인디 밴드들의 음악이 남아 있고, 그 플레이리스트의 이름은 '여름'이다.

누군가를 좋아하거나 사랑할 때, 나는 그 사람의 취

향까지도 부지런히 내 것으로 만들기 위해 노력했다. 그들이 좋아하는 것을 좋아하려고 했고, 그들은 나를 그들이 사랑하는 세계로 망설임 없이 초대해줬다. 돌이켜보면 지금의 나는 내가 만난 사랑의 총합인 것 같고, 그런 생각을 하면 이 여름에도 좋은 친구들을 만나고 그들이 초대하는 세계를 부지런히 사랑하지 않을 수 없다.

오늘 내가 여름밤에 목격한 연인들은 이제 한겨울에 우동을 먹으면서도 여름에 먹은 냉면의 맛을 떠올릴 수 있을 것이다. 그리고 시간이 더 흘러 몇 번의 사랑을 반복하다가, 날씨와 사람과 기분에 따라 물냉면과 비빔냉면을 적절하게 고를 수 있는 냉면의 고수들이 되겠지. 그러나 지금은 겨울을, 다른 냉면을 생각할 필요가 없다. 쉼보르스카가 기나긴 별들의 시간보다 하루살이 풀벌레의 시간을 더 좋아했던 것처럼, 사랑도 별들의 시간이 아닌 풀벌레의 시간을 살아야 하니까. 사랑의 시간은 늘 '오늘'이어야 하니까.

"겨울보다 여름이 더 좋습니까?"

한국어를 배우는 반려인이 연인들의 대화를 듣다가 내게 묻는다. 낮에만 해도 여름이 그렇게 지긋하다고 말했던 나는 뻔뻔하게 말을 바꾼다.

"겨울보다 여름이 더 좋습니다."

"왜?"

"지금은 여름이니까. 겨울이 되면 겨울을 더 좋아할 거야."

풀벌레의 시간 속에서 나는 오직 여름만을 산다. 그리고 그 여름은 이렇게 할머니의 반쪽짜리 하트와 해를 구하려는 소년의 마음과 모기로부터 구하지 못한 어떤 이의 어깨 그리고 연인들의 손뼉으로 기록되어 누군가의 여름과 다시 만나기를 희망한다.

이 글을 읽는 당신의 여름과 나의 여름이 만난다면 어떨까? 내게 좋은 것들과 당신에게 좋은 것들이 포개진다면, 여름 동안 우리의 사랑의 총합이 조금 더 커지지 않을까? 그러니 대답해주기를! 지금 당신은 어떤 풀벌레의 시간을 살고 있는가? 물냉면을 좋아하는가, 비빔냉면을 좋아하는가?

짧은 에필로그

시간이 또 흘러 어느 여름에 소규모 아카시아 밴드의 보컬, 송은지 님을 알게 됐다. 은지 님이 내가 일하는 카페에서 공연을 했다. 은지 님은 소규모 아카시아 밴드로 활동하던 시절을 '어린 시절'이라고 불렀다. 어렸던 은지 님이 불렀던 노래를 어렸던 내가 좋아했고, 이제 은지 님은 그 시절로부터 나아가 은지 님만의 노래를 부르고, 나는 기억으로부터 나아가 은지 님이 부르는 지금의 노래를 들으며 위로를 받는다. 언니는 없지만 언니로부터 시작한 노래가 나의 노래가 되어 이곳에 있다. 그러니 나는 과거가 아니라, 과거로부터 나아가는 지금을 살고 있는 것이다.

다시 한 살을 사는 마음으로

이상한 원고 청탁을 받았다. 청탁자의 메일이나 연락 대신에 브로커(?)에게 카톡이 왔다.

"돌잔치. ○월 ○일까지 축사 송고 바람."

일을 하면서 여러 방식으로 원고 청탁을 받는데, 내가 호감을 느끼는 방식은 주제와 원고를 실을 지면의 소개, 마감일과 원고료까지 정확하게 기재해 메일로 청탁하는 경우다. 메일은 인스타그램 디엠이나 전화보다 훨씬 더 존중받는 기분이 들고, 대체로 그 기분은 틀리지 않는다. 그런데 카톡이라니……. 내 영혼이 내게 단박에 거절해야 한다고 말했다. '읽씹'하라고.

나는 바쁜 척 답장하지 않았다. 결국 전화가 울렸다. 내키지 않았지만 받아야 했다. 아니면 받을 때까지

울릴 테니까.

"엄마야. 카톡 봤어?"

단도직입적이고 권위적인 브로커다.

"이모가 손녀 생겼잖아. 돌잔치를 한다네."

청탁자는 예상대로 이모다. 그런데 50명쯤 되는 이모 중 누구를 말하는 것인가?

"누구? 또 어떤 이모?"

내가 물었다.

"아니, 그 엄마 아는 동생, 그 이모!"

엄마 친구, 아는 언니, 아는 동생, 엄마의 진짜 여동생, 모두 다 이모다.

"이모가 한둘이야?"

"오메기떡 사 준 이모, 몰라?"

그 순간, 나는 아직 쓰지도 않은 글의 원고료를 이미 받았다는 사실을 깨달았다. 한 달 전에 제주도에서 온 그 예쁜 보따리가 원고료였을 줄이야.

"이모 손녀가 돌잔치를 하는데, 그게 나랑 무슨 상관이야?"

일단은 모른 척했다.

"축사를 좀 써달래."

"엄마, 내가 지금 정말 바빠. 원고가 얼마나 밀렸는

지 몰라. 애도 낳아본 적 없는 내가 무슨 축사야……."

목소리에 짜증과 불쌍함을 적당히 섞었다. 짜증이 과하면 엄마를 분노하게 하고, 불쌍함이 과하면 엄마를 슬프게 하니까.

"알지. 엄마도 알지. 그런데 너 저번에 오메기떡도 받았고, 또 그전에는 이모가 너 먹인다고 현미쑥떡도 방앗간에서 직접 맞춰 왔잖아. 또 이모가 네 신랑이 좋아한다고 유명한 식당에서 감자탕도 사 왔는데……."

나는 뭘 그렇게 많이 얻어먹었던가. 이래서 이모들이 주는 것을 함부로 받으면 안 된다. 나는 오메기떡 이모 말고도 김제 지평선 쌀 이모, 진안 인삼 이모, 장수 사과 이모, 백구 포도 이모, 이천 도자기 이모, 전국 명소에서 특산품을 쥐고 있는 이모들한테서 받은 게 너무 많다. 이모들의 보따리는 내 의사와 상관없이 내게 오고, 사람과의 안전거리를 반드시 유지하려는 나의 의지는 이모들을 만나면 속수무책으로 꺾인다. 일단 손목을 붙들리면 이모들은 어느새 내게 달콤한 것을 먹이고, 나를 조물조물 만진다. 그리고 집에 돌아갈 때는 뭔가에 홀린 듯 이모가 준 보따리를 들고 있다. 그날도 그렇게 오메기떡 한 보따리를 받았다. 정말 맛있었다. 맛있게 먹었다는 사실에 짜증이 나서 눈물이 날 정도로. 별수 없지 않은가. 떡값을 해야 했다. 나는 결국 그 축사를 쓰기로 했다.

겨우 옹알이하는 돌잡이를 위해 축사를 써야 한다니……. 약간의 굴욕감을 느꼈다. 친구들이 결혼해서 애를 낳을 때쯤 나는 외국에 있었고, 단 한 번도 돌잔치에 가본 적이 없었다. 돌잔치뿐만이 아니라 아끼는 사람들의 경사를 거의 놓쳤다. 그래서 '잔치'가 무엇인지 잘 모르고, 잘 모르는 곳에서 내 글이 읽힌다는 사실이 영 불편했다. 혹시 테이블마다 소주병이 있는 뷔페에서 술에 취한 중년의 남성들이 트로트를 부르는 그런 분위기가 아닐까. 나는 합리적인 의심으로 나의 원고 청탁자와 브로커를 원망했다.

무슨 글을 어떻게 써야 할지 고민하던 중에 카톡이 울렸다. 처음 보는 아기 사진이었다. 이모는 내가 영감이 떠오르지 않을까 봐 친절하게도 사진을 보내줬다. 무당벌레, 나비, 애벌레, 곤충 도감을 방불케 하는 사진 열 장이 총알처럼 날아왔다. 나는 총천연색 옷을 입은 아기 사진을 넘기다가 열한 번째 보낸 사진에 피식 웃어버렸다. 촌스러운 빨간 한복을 입은 여자아이가 울상을 하고 앉아 있었다. 오래된 색감, 옛날 한복, 보름달처럼 동그란 얼굴. 나의 돌 사진이었다. 이모는 엄마가 보여준 내 사진이 너무 귀여워서 휴대폰으로 찍어둔 것이라고 했다.

“너만큼만 잘 자라면 좋겠어.”

이모가 말했다.

그 메시지를 받는 순간, 가슴이 철렁했다. 내가 누군가의 본보기가 될 수 없는 사람이라는 것 때문만은 아니었고, 구김 없이 열두 달을 살아낸 아기가 나처럼 마흔이 넘고 이모처럼 예순이 되며 겪어야 할 수많은 일을 생각하니, 그 애 앞에 놓인 시간이 마치 불어난 강물처럼 두렵게 느껴졌기 때문이다. 아기는 거친 물살만큼 사나운 삶을 이겨내며 얼마나 힘겹게 앞으로 나아가게 될까.

나는 아기의 사진과 내 사진을 번갈아 바라보며 축사가 아닌 편지를 쓰기 시작했다. 내가 아는 아홉 살짜리 남자아이, 일리야의 이야기를 들려주고 싶었다.

일리야는 프랑스에서 태어났고, 나는 어느 더운 여름에 일리야를 만났다. 폭염이 덮친 거리는 고요했고, 나를 포함한 어른들은 뜨거운 태양을 견디지 못해 그늘 속에 숨어 있었다. 텅 빈 거리의 분수대에서는 우리 같은 겁쟁이들을 비웃기라도 하는 듯 시원한 물줄기가 흘러내리고 있었다. 그때, 그 분수대를 향해 거침없이 달려간 것은 일리야였다. 일리야는 햇빛도, 옷이 젖는 것도 두려워하지 않고 분수대를 향해 달려가 흐르는 물줄기를 힘껏 끌어안았다. 우리가 바보처럼 우물쭈물하는 사이에 오직 일리야만이 그 물줄기를 가졌다.

나는 일리야의 이야기를 전하면서 마음을 두드리는 모든 것을 향해 거침없이 달려가라고 아이에게 말해주고 싶었다. 뜨거운 태양이나 옷이 젖는 것을 두려워하지 말고 달려가 꽉 껴안기를. 그 아이가 팔을 활짝 펴서 끌어안은 모든 것이 그 아이의 것이 되기를 기도했다.

이제 한 살이 된 아기가 일리야의 이야기를 만나 힘찬 물줄기처럼 흐르길 바라는 마음을 담아 편지를 쓰고 마지막 줄에 내 이름을 적는 순간, 나는 그곳에 써 내려간 모든 축복이 아기를 거쳐 나를 향하고 있음을 깨달았다. 그러니까 거기 적힌 이야기는 사실 내가 한 살부터 마흔한 살을 살아낸 나에게 되돌려주고 싶은 말이었던 것이다. 나는 그렇게 얼굴 모르는 아기의 돌을 축복하며 내가 잃어버린 축복을 다시 손에 쥘 수 있었다.

돌이켜보면 누군가를 향해 썼던 모든 글이 내게로 되돌아왔던 것 같다. 기쁜 이야기는 내 마음의 기쁨의 자국으로, 슬프고 아픈 이야기는 작은 성장으로. 그러니 글쓰기란 결국 보내는 말이 아니라 맞이하는 말이 아닐는지.

이제 여름이다. 태양이 뜨거워질 것이고, 거리에는 인내심 강한 것들이 여름을 견디며 자라날 것이다. 이 계절 동안 나는 몇 번이고 밖으로 달려 나가 아름다운 것들을 끌어안을 수 있을까?

다시 한 살을 사는 마음으로 자라고 싶다. 사랑하는 것들을 끌어안으면서. 끌어안으면 온전히 내 것이 되는 게 있다고 믿으면서.

짧은 에필로그

이모가 또 떡을 보냈다. 이번에는 굳지 않는 앙금 가래떡이다. 떡을 무척 좋아하는 나는 그걸 또 먹어버렸고, 다 먹고 나서는 옅은 후회와 함께 남의 집의 경조사를 헤아려봤다. 생각해보니 이번에는 이모의 막내가 결혼했다. 머지 않아 임신 소식이 들릴 테지…….

시간을 내 편으로 만드는 일에 대하여

지난 두 달 동안 내가 제일 많이 했던 말은 "마감이 있어서"다. "마감이 있어서, 죄송합니다." "마감이 있어서 안 될 것 같아." "마감이 있어서 다음에." 그렇다고 온종일 글을 쓰는 것도 아닌데 마감이 앞에 있으면 무엇을 해도 마음이 편치 않다. 요즘도 마음이 편치 않은 날들이 이어지고 있다. 늘 마감이 있고, 너무도 당연하게 사는 일도 계속되고 있으니까. 물론 프리랜서 작가에게는 기쁜 일이다. 일이 없었다면 불편한 정도가 아니라 불안했을 테니까. 그놈의 마감 타령 때문일까? 요즘은 가끔 "조급해하지 마라"는 충고도 듣는다.

'조급'이란 말은 아무 생각 없던 나를 긴장시킨다. 빨리 가고자 하는 마음은 없었는데 그렇게 보일 수도 있다는 것에, 아니라고 하지만 사실 조급해하고 있는 것은 아닌가 하는 걱정에 불안해진다. 충고는 그 크기와 상관없이 던지기는 쉽고, 삼키기는 어렵다.

나를 조급하게 하는 것은 무엇일까?

조급하지 않다고 큰소리를 치면서도 나를 마주하는 시간이면 스스로 가장 많이 묻는 말이다. 대답은 비교적 명료하다. 세상에는 좋은 책과 좋은 글이 너무 많고, 그 수많은 작품 중에서 내 글이 존재해야 할 이유는 단 하나도 없다는 사실. 그것이 나를 불안하게 한다는 것을 잘 알고 있다. 논리적으로 생각하면 언제까지 이 기회들이 내게 올 리 없다. 별다른 재주 없는 나는 언젠가 찾아올 마지막을 조금씩 늦추기 위해 성실을 무기로 삼고 있을 뿐이다. 매일 쓰기. 그 정도의 원칙을 세우고 지킨다. 그런 노력으로 조금 더 오래 이 일을 할 수 있다면, 불편한 마음 정도는 감수할 수 있지 않을까.

한 가지 일을 오래 해온 사람을 알고 있다.

내가 자란 곳, 낙후된 우리 동네에 있는 '구두 병원'이라는 구둣방의 구두 닥터 아저씨다. 구두 닥터 아저씨는 단 하루도 빠짐없이, 매일 구두 병원에서 구두를 고친다. 구두 한 켤레를 고치면 5천 원. 번역가의 원고지

한 장의 번역료와 비슷하다. 물론 구두 닥터 아저씨의 솜씨와 속도를 나같이 미숙한 번역가의 실력과 비교할 수는 없을 것이다. 내가 원고지 한 장 분량을 끙끙 앓으며 번역하는 동안에 아저씨는 몇 켤레의 구두를 새것처럼 만들어놓으니까. 사람들은 그를 구두 수선의 장인이라고 부른다. 그리고 그는 사람들이 뭐라 부르든지 말든지 구두 병원에 앉아 매일 구두를 고친다. 페라가모 구두도 페레가모 구두도, 아디다스 운동화도 아다다스 운동화도 모두 똑같이 5천 원이다.

얼마 전 구두를 고치러 구두 병원에 갔다. 별말 없이 5천 원을 부르는 아저씨에게 "누구는 주식과 코인으로 몇 억을 벌었다고 하는데, 아저씨는 왜 수선비도 안 올려요?"라고 농담 반 진담 반으로 물었다. 오래된 단골의 되바라진 질문에 구두 닥터 아저씨는 껄껄 웃으며 말했다.

"이걸로 자식들 다 키우고 장가도 보냈네, 이 사람아."

나는 그 기분 좋은 웃음에,

"아휴, 그 시절에는 가능했는지 몰라도 요즘에는 힘들어요"라고 우는소리를 했다.

그러자 그는 내게

"자네는 뭐 하는가?" 하고 물었고,

나는 그에게

"그냥 손으로 깨작깨작하는 일을 해요"라고 대답했다.

구두 닥터 아저씨는 코끝에 걸친 안경 너머로 나를 가만히, 마치 수선할 구두를 보듯 꼼꼼히 살펴보더니 다시 들고 있던 구두를 매만지며 이렇게 말했다.

"그럼 시간을 믿어봐. 시간이 자네 편인 날이 와. 시간이 자네의 힘이 되는 날이 온다고."

어느새 뚝딱 고쳐진 구두로 우리의 대화는 거기서 끝이 났지만, 나는 5천 원을 드리고 다시 새것이 된 구두를 신고 나오며 구두 닥터 아저씨의 말을 몇 번이고 곱씹었다. 그의 말에 지난 몇 달 동안 기쁘면서 불안했던 나의 마음에 시원하게 길 하나가 뚫린 기분이 들었다. 내가 원하는 것은 천재 구두 디자이너가 아니라 구두를 고치는 장인이 되는 것이고, 타고난 것이 아닌, 시간이 완성하는 게 장인의 재능이라면 나 역시 꿈꿔볼 만하지 않겠는가. 그러니 내가 할 일은 오직 시간을 내 편으로 만드는 것일 테다.

어제저녁에는 오랜만에 만나자는 친구의 전화에 "미안, 마감 때문에 안 될 것 같아"라는 말로 거절했다. 미안함과 피로함에 조금 지친 내 모습을 지켜본 가족이 물었다.

"다시 태어나도 이렇게 살래?"

나는 고개를 절레절레 흔들었지만, 잠시 생각에 잠겼다. 다시 태어나면 무엇을 할까? 어려운 질문이다. '지금의 나와는 다른 나'라고 대답하자니 지금의 나를 통째로 부정하는 것 같아 싫고, 미치지 않고서야 '지금의 나'일 리는 없고.

다시 태어난다면, 아마도 나는 그때 주어진 내 삶을 살고 있지 않을까. 내게 찾아온 어떤 것을 기왕이면 좋아하려고 노력하면서, 그게 안 되면 조금 나은 것을 향해 손을 뻗어보면서, 겨우 잡은 것을 놓치지 않기 위해 노력하면서, 다른 것은 할 수 없으니 그저 성실을 무기 삼으면서. 지금의 내가 매일 글을 쓰는 것처럼 소중한 것을 지키기 위해 노력하면서.

이렇게 적고 보니 지금의 나와 크게 다를 바 없을 것 같다. 역시 나의 부족한 상상력은 나를 뛰어넘지 못한다. 나는 이런 나를 사랑하는 것인지, 미워하는 것인지……. 한 가지 확실한 것은 지금의 나는 이만큼만 생각할 수 있다는 것이다. 어제의 일도 내일의 일도, 다시 태어나 살아갈 삶에 대해서도 길게 생각하고 싶지 않다. 자꾸 뒤돌아보지 않고, 너무 멀리 보지도 않고 그냥 오늘을 살고 싶다. 말하자면 시간에 나의 속도를 맞추겠다는 뜻이다. 먼저 가지도 않고 뒤처지지도 않고, 시간과 나란히 걷는 것. 그것이 시간을 내 편으로 만드는 유일한 방법일 테니까.

짧은 에필로그

시간에 발을 맞추면 어느새 어제의 나도 내일의 나도 사라진다. 어쩌면 그런 게 다시 태어나는 게 아닐까 싶다. 어제 만난 나는 어제에 두고, 내일이 되어야 만날 수 있는 나는 내일에 맡기고. 그렇게 오늘 다시 태어난다. 오늘의 나로.
오늘 새로 태어난 나와 당신에게, 오늘 죽고 내일 다시 태어날 나와 당신에게 시 한 편을 선물하고 싶다.

*

어둠이 짙어져가는 날들에 쓴 시[+]

해마다 우리는 목격하지
세상이
다시 시작하기 위해

어떤 식으로

풍요로운 곤죽이 되어가는지.

그러니 그 누가

땅에 떨어진 꽃잎들에게

그대로 있으라

외치겠는가,

존재했던 것의 원기가

존재할 것의 생명력과 결합된다는

우리가 꼭 알아야 할 진실을 알면서.

그게 쉬운 일이라는 말은

아니야, 하지만

달리 무얼 할 수 있을까?

세상을 사랑한다는 우리의 주장이

진실이라면.

그러니 오늘, 그리고 모든 서늘한 날들에

우리 쾌활하게 살아가야지,

비록 해가 동쪽으로 돌고,

연못들이 검고 차갑게 변하고,

한 해의 즐거움들이 운명을 다한다 하여도.

⊹ 메리 올리버, 『천 개의 아침』, 마음산책, 2020, 55~57쪽.

다른 나라

장 그르니에는 사람들에게는 저마다 행복을 위해 미리부터 정해진 장소들이 존재한다고 말했다. 내게 그런 장소가 있다면 아마도 그것은 브르타뉴의 '로네'라는 마을이 아닐까. 덥고, 지치고, 비가 유독 많이 오는 이 여름, 휴가를 떠나는 대신에 장 그르니에의 『지중해의 영감』을 펼치고, 그가 떠나온 고향, 브르타뉴의 대서양을 떠올린다. 그의 말을 빌리자면 브르타뉴는 수평선이 뚜렷한 지중해와 달리 항상 출렁거리고 불확실한 모습을 보이는 곳이다. 나는 장 그르니에를 지중해로 떠나게 했던 그 대서양의 불안함을 사랑한다.

브르타뉴의 로네에 처음 갔던 것은 10년 전 여름이

었다. 그때 나와 반려인은 막 중고차 한 대를 산 참이었고, 그 차를 타고 처음으로 멀리 떠난 여행의 목적지가 바로 로네였다. 지나치게 저렴하다 싶었던 그 고물 차는 아니나 다를까 여행을 떠나기 전날부터 엔진을 식혀주는 냉각장치에서 물이 조금씩 새더니, 여행 당일에는 급기야 한 시간에 한 번씩 차를 세우고 냉각기에 물을 부어줘야 하는 지경에 이르렀다. 그러니 프랑스의 서쪽 끝에 있는 브르타뉴가 얼마나 멀게 느껴졌겠는가……. 우리는 엔진이 과열되지 않게 물을 부어가며 장장 아홉 시간을 달려야 했다.

고된 여행이었으나 고속열차를 탔으면 볼 수 없었을 풍경들을 만났다. 새벽에 출발해 밀밭 위로 해가 떠오르는 것을 봤고, 칼바도스에서는 풋풋한 사과와 진한 사과주 냄새를 맡으면서 사과타르트를 간식으로 먹었으며, 안개를 두른 몽생미셸의 우아한 자태도 볼 수 있었다. 낯선 풍경들을 가로지르며 "습관의 장막, 마음을 잠재우는 몸짓과 말들의 편리한 보자기가 서서히 걷히고 마침내 불안의 창백한 얼굴이 노출된다. 인간은 자기 자신과 대면한다"✧는 카뮈의 말을 실감했다. 그는 여행이 인간을 깨우고 인간과 사물 사이에 커다란 부조화를 만

✧ 알베르 카뮈, 『안과 겉』, 김화영 옮김, 책세상, 2000, 72쪽.

들며, 그로 인해 덜 단단해지는 마음속으로 세계의 음악이 더 쉽게 흘러든다고 말했다. 정말이지 낯선 풍경과 언제 멈출지 모를 불안한 자동차는 내 마음을 한없이 무르게 했고, 어느새 창 너머의 세계가 음악처럼 흘러들었다. 그리고 마침내 눈앞에 펼쳐졌던 브르타뉴의 대서양! 해가 쉽게 지지 않는 여름 저녁, 바람에 요동치던 그 바다를 지금도 잊을 수 없다. 석양과 거대한 파도와 바다 위에 위태롭게 떠 있던 어선들. 나는 그 바다 앞에서 두려움과 동시에 해방감을 느꼈다.

카뮈는 이런 여행을 '우리의 마음속에 있던 일종의 내면적 무대장치를 부숴버리는 것'이라고 했다. 가면을 쓰고 연기해야 할 무대(일상)를 잠시 떠나는 순간, 비로소 진짜 순수한 자신의 얼굴을 마주하게 된다는 것이다. 불안하고, 외롭고, 그럼에도 불구하고 기쁨을 갈구하는 존재. 나는 그 바다 앞에서 내 안에 침잠해 있던 존재가 표면 위로 떠오르는 것을 느꼈다.

나는 석양을 등지고 고물 자동차만큼 피로해진 몸을 이끌며 항구에서 조금 떨어진 로네로 향했다. 그러니까 내가 로네를 알게 된 것은 우연히 예약해둔 호텔 덕분이었다. 우연만큼 여행의 완벽한 파트너가 또 있을까! 로네에 들어선 순간 길마다 소담하게 핀 수국과 회색 돌담에 단숨에 마음을 빼앗겨버렸다.

호텔은 마치 작은 저택 같았다. 아담한 방이 열 개에다, 작은 주방과 여름꽃이 예쁘게 핀 정원이 마치 누군가의 집에 초대받은 듯한 느낌을 주었는데, 오래된 건물이었지만 주인의 알뜰한 보살핌이 느껴졌다. 호텔 문을 열자마자 버터와 해물 요리 그리고 오래된 목재 내장재 냄새가 났다. 몇 년 전 크리스마스에 방문했던 반려인의 외가, 로베르와 자클린 집에서도 그런 냄새를 맡은 적이 있었다. 그렇다면 내게 그 호텔은 한여름에 찾아온 크리스마스였을까. 프라이팬에 버터와 함께 관자가 지글지글 익어가고, 식구들이 모여 굴을 까고, 식탁에는 노릇하게 구운 타르트에서 연기가 올라오던 그 기쁜 시간의 냄새가 반가워 호텔의 기둥 하나를 끌어안을 뻔했다. 로베르와 자클린이 세상을 떠나고 다시 만날 수 없을 줄 알았던 크리스마스를 그 낯선 호텔에서 되찾게 될 줄이야……. 나는 어느새 이국에서도 그리운 냄새를 만들며 살아가고 있었다.

행여 그 아름다운 공간이 훼손될까 봐 조심스럽게 나무 계단을 올랐다. 목소리도 작아졌다. 요즘 나는 종종 그 조심스러운 걸음과 목소리를 되찾고 싶다고 생각한다. 어디서든 고마운 초대를 받은 사람처럼, 아름다운 곳에 머무는 것처럼 단정한 몸짓으로 머물다 가면 어떨까. 내게 주어진 이 삶도 그렇게 머물다가 떠나면 좋을 것 같은데…….

방은 작고 깨끗했다. 극장에나 있을 것 같은 빨간 커튼을 열자 그림 같은 마을이 한눈에 들어왔다. 전통 가옥들과 사람의 얼굴처럼 해사하게 핀 수국들, 그 수국을 따라 이어지는 돌담길, 그 길을 눈으로 따라 내려가면 멀리 바다가 보였다. 나는 짐을 던져놓고 바다를 향해 달려 나갔다. 미로처럼 구불구불 이어지는 돌담길을 한참 걷다 보니 담 너머로 재미있는 풍경이 눈에 들어왔다. 작고 기다란 배들이 정원에 사람처럼 누워 있었던 것이다. 아주 잠깐 모험가들의 마을을 상상했지만, 실은 오랜 항해를 마친 선원들과 함께 육지에 잠든 배라는 것을 잘 알고 있었다. 한때 로네는 선원들의 마을이었다고 한다. 작은 배를 타고 나가 생계를 꾸리던 사람들은 이제 모두 정원사나 산책자가 됐고, 그들의 배는 벌레나 고양이 같은 작은 생명들의 은신처가 됐지만, 그 정박해 있는 배들에게 바다를 다시 만날 희망이 영영 없는 것은 아니다. 여름방학이면 찾아오는 꼬마 선원들이 있으니까.

수국이 만발한 길에서 한 아이와 마주쳤다. 아이는 장난감 쌍안경을 목에 걸고, 플라스틱 양동이를 오른손에 쥔 채 몹시 분주해 보였다. 마침 길을 잃었던 나는 아이를 따라 걷다가 그가 사라진 집 앞에서 걸음을 멈췄다. 담 너머로 꼬마 선원과 머리가 하얗게 센 선장의 대화가 들려왔다.

"할아버지, 빨리 바다에 가자!"

마음이 급한 선원에게 붙들린 선장이 물었다.

"선원, 이제 곧 해가 질 텐데 위험하지 않겠는가?"

"그래도 바람이 착해요!"

"너처럼?"

"네!"

"풍향은?"

"왼쪽, 할아버지 머리카락이 왼쪽으로 춤추니까!"

아이는 아마도 바람을 읽는 법을 배웠으리라. 선장 할아버지는 아이를 배에 태우고 바람에 순응하는 법을, 성난 파도에 몸을 숙이는 법을 가르쳤으리라. 나는 왼손을 펴고 풍향을 느껴보려 했지만 간지러운 것이 손바닥을 쓸고 갔을 뿐, 바람이 가는 길을 읽을 수는 없었다.

"자, 그럼 출발해볼까?"

선장의 명령에 아이가 폴짝 뛰어 배에 올라타는 소리가 들렸다.

"선원, 무엇이 보이는가?"

선장이 물었다.

"다른 나라요!"

아이는 마치 신대륙을 발견한 것처럼 우렁차게 대답했다.

내가 어릴 적 상상할 수 있었던 가장 먼 곳은 기차역 너머였고, 저 아래로 기차가 지나가는 다리 위에서 기차가 향하는 곳을 상상하는 것은 나만의 작은 항해였다. 바람이 불고 기차가 지나가면 배가 흔들리듯 다리가 흔들렸고, 그곳에서 나는 마음만은 용감한 선원이 되곤 했다. 누군가 내게 저 철길 끝에 무엇이 있느냐고 물었다면, 나 역시 "다른 나라"라고 대답했을 것이다. 다른 나라, 얼마나 설레는 말이었던가!

그르니에는 청춘이라면 누구나 '다른 곳에 가서 살리라'는 첫 번째 욕망을 품는다고 했다. 나 역시 오랫동안 그 욕망에 사로잡혀 살았고, 때로는 그 욕망을 질책하는 이들을 만나기도 했다. 그들은 내게 현실에 발을 붙이지 못하면 실패할 것이라고, 실패의 맛을 보고 후회하게 될 것이라고 경고했다. 나는 물론 그들의 말처럼 크고 작은 실패들을 경험했고 또 절망했지만, 그것은 결코 '후회'는 아니었다. 내게는 아직 닿지 못한 '다른 나라'가 있었으니까. 그때 다른 세계를 향한 동경이 없었더라면 내 젊음은 어땠을까? 설령 그것이 현실도피였다고 해도 그르니에는 말하지 않았던가. 도피가 없다면 삶은 멈춰 버린다고.

> 도피가 가능하다는 것을 알고 있을 때는 얼마나 행복한가! 나 또한 다른 무엇이, 나를 에워싸고 있는—아니 나를 숨 막히게 하는 그 모든 것과는 다른 무엇이 존재한다는 사실을 깨달았을 때 비로소 살기 시작했다.✢

로네의 그 아이는 마당에 멈춘 배 위에서 다른 나라로 가는 항로를 보았을 것이다. 그리고 할아버지 선장은 바닷길처럼 너른 삶이 시작되는 길목으로 아이를 데려다주고 싶었을 것이다. 그해 여름, 로네에는 멈춘 배 위에서 가장 먼 곳을 향해 가는 아이와 그를 배웅하는 어른이 있었다. 그리고 나 역시 다른 나라를 향해, 대서양을 향해 돌담길을 걷고 또 걸었다.

폭염과 폭우, 유난히 지치고 더운 올여름도 이제 끝이 다가온다. 이 여름의 너머에는 우리를 숨 막히게 하는 그 모든 것과 다른, 어떤 나라가 우리를 기다리고 있

✢ 장 그르니에, 『지중해의 영감』, 김화영 옮김, 이른비, 2018, 108쪽.

을까? 나는 무더위에 후끈 달궈진 방 안에서 다시 도피를 꿈꾼다. 그르니에의 말이 옳다. 어떤 도피는 비로소 우리를 살게 한다. 이 모든 것이 어디론가 향하는 여정이며, 자신과 대면할 수 있는 여행이라고 생각하면 굳은 마음이 조금씩 풀러진다. 다시 흔들리는 배 위에 오르는 기분이다. 자, 이제 출항이다! 선원, 무엇이 보이는가? 행복을 가져다줄 새 계절이, 노래처럼 흘러드는 풍경이 보이는가?

나만의 장소

반려인이 카페를 열었다. 커피를 내리는 바와 엘피를 정리해둔 선반, 직접 고른 앤티크 테이블과 소품들, 요즘 카페에서는 좀처럼 볼 수 없는 오렌지색 조명이 있는 곳이다. 평생 연극을 해온 그에게 어쩌면 이곳이 또 다른 무대인지도 모르겠다.

카페의 정식 개업일을 며칠 앞두고 우리는 식구들과 지인들을 불러 작은 파티를 했다. 반려인이 직접 구운 과자와 커피를 내려서 대접하고, 오렌지색 조명 아래에서 기타를 들고 노래를 했다. 다른 사람은 눈치채지 못했지만, 나는 기타를 잡은 그의 손과 목소리가 조금 떨리고 있음을 알아챌 수 있었다. 나도 덩달아 어찌나 떨리던지……. 그가 노래하는 동안, 나는 내가 제일 사랑하는 사람의 새로운 시작을 위해 기도했다.

카페 개업을 기념해 예쁜 옷을 입고 굽이 있는 구두를 신었지만, 중간에 다 벗어 던졌다. 반려인의 새로운 무대에 조연이 필요하다는 것을 그제야 실감했다. 나는 한국어가 서툰 그를 위해 주문을 받고 커피를 내려야 했고, 한나절 체험한 카페 일은 정말이지 중노동이었다.

"알바를 구해야겠다."

영업이 끝나자마자 반려인이 말했다.

"프랑스어 하는 알바?"

내가 되묻자 반려인이 멋쩍게 웃었다.

"어렵겠지?"

불길한 예감은 늘 틀리지 않고…… 결국 나의 의지와 상관없이 내게 두 번째 직업이 생겨버렸다. 카페 알바. 요즘 나는 매일 카페로 출근한다.

프랑스 시골 출신인 반려인의 취향을 반영한 우리의 카페는 프랑스와는 전혀 어울리지 않는 시장 입구에 있다. 사람들은 종종 왜 이런 곳에 카페를 차렸냐고 묻는데, 나는 그럴 때마다 '유산'이라고 대답한다. '유산'이라고 말하면 엄청난 상속자가 된 것 같지만, 사실은 그냥 재래시장에 있는 작은 가게다.

어릴 때는 할머니의 손을 잡고 월세를 받으러 이곳

에 오곤 했다. 옛날에는 부인복을 파는 가게였고, 늘 손님들이 바글바글했던 것으로 기억한다. 꼭 직접 돈을 받으러 다니셨던 할머니는 나를 데리고 가게까지 가는 길에 종종 이런 말씀을 하셨다.

"너 봐라. 그 집의 장사가 잘되면 그 여편네 머리카락이 더 빠글빠글해진다."

나는 돈 버는 것과 머리가 뽀글뽀글해지는 것이 무슨 관계인지 몰랐고, 그래서 그냥 어른들이 하는 소리인가 보다 하고 말았는데, 날이 갈수록 가을 들꽃 다발처럼 풍성해지는 아주머니의 머리카락이 너무 신기해서 어느 날 할머니에게 물었다.

"할머니, 왜 장사가 잘되면 머리가 뽀글뽀글해져?"

"그거야 좋은 미용실에서 빠마를 자주 말아서 그렇지."

그러고 보면 할머니도 월세를 받는 날에는 우리 동네에서 제일 비싼 미용실에서 빠마를 말았고, 그것이 할머니의 유일한 사치였다. 빠마값을 제외한 돈은 모두 봉투째 경대 서랍 깊숙한 곳에 숨겨뒀는데(할머니는 아무도 모르는 줄 알았지만, 할머니 경대를 뒤지는 게 취미였던 나는 다 알고 있었다), 식구들 먹일 고기, 생선, 배추, 쌀을 사는 돈이 모두 거기에서 나왔다.

그 시절에는 우리 가게가 있는 중앙동이 도시의 '핫

플레이스'여서 월세를 제법 두둑하게 받았다고 한다. 잘 나가는 커피숍도 레스토랑도 옷집도 모두 이곳에 있었으니까. 물론 앞머리를 무스로 세우고 어깨에 뽕 들어간 옷을 입은 언니, 오빠 들도 있었다. 서울로 치면 명동이라 할 수 있는 이 거리에 배움도 짧고, 전쟁을 두 번이나 겪은 여자가 억척스럽게 돈을 모아 가게를 가졌다는 사실이 나는 여전히 놀랍다. 공부도 오래 했고, 내 일도 있는 나는 언감생심 꿈도 꾸지 못할 일이다. 할머니가 자주 쓰셨던 말을 빌려 '네가 뭐시 부족해서?'라고 묻는다면, 답은 하나다. 내게는 한량인 남편도, IMF가 터지자마자 실직한 장남도, 장가 못 갔던 막내아들도 없기 때문이다. 생각해보면 할머니는 돌아가실 때까지 경제적 독립을 완벽히 이루셨던 분이었고, 그게 내가 생각하는 할머니의 가장 '어른스러운' 면모다. 나와 내 식구들을 거둬 먹이는 일이 얼마나 어른스러운 일인지 어른이 되고 나서야 절감한다.

할머니의 뒤를 이어 가게를 물려받은 것은 아들이 아닌 둘째 며느리, 엄마였다. 아빠가 사업에 실패하면서 엄마가 할머니의 가게에서 옷 장사를 시작했다. 빚도 많았고, 동생과 내가 유학 중이어서 그때 엄마의 속이 얼마나 타들어갔을지 생각하면 지금도 마음이 무겁다. 언젠가 엄마를 따라 동대문 새벽 시장에 가본 적이 있다.

늦은 밤, 상인들이 타는 버스를 타고 밤길을 달려 도착한 새벽의 동대문은 낮처럼 환한 곳이었다. 사람들은 큰 가방을 들고 뜨거운 어묵이나 국수로 허기를 달래며 정신없이 뛰어다녔고, 이제 막 장사를 시작했던 엄마는 누구한테 돈을 뺏길까 봐, 사기를 당할까 봐 현금을 품에 꼭 안고, 내 손을 꼭 쥐고 조심스럽게 걸었다. 그때 태어나 처음으로 겁먹은 엄마의 얼굴을 봤다. 글쓰기가 다시 살 수 없는 시간으로 돌아가는 일이라면, 나는 지금 동대문 앞으로 돌아가 그때의 엄마를 꼭 안아주고 싶다.

"엄마, 춥지 마."

하고 말하면서.

집으로 돌아가는 버스를 타기 전에 엄마와 나는 급하게 우동 한 그릇을 먹었다. 나는 사는 게 무서운 날, 뜨거운 국물에 얼굴을 박고 후루룩후루룩 면발을 삼키던 엄마의 얼굴과 새벽 시장의 칼바람과 피로에 누렇게 뜬 상인들의 얼굴을 떠올린다. 그 서글픈 장면이 어째서 내게 위로가 되는지 모르겠으나 살기 위해 애쓰는 사람들의 모습이 누군가의 성공담보다 더 힘이 될 때가 있다. 삶은 그냥 애쓰는 것이고, 피로한 일이고, 그럼에도 살아볼 가치가 있다고 말할 수 있는 것들을 스스로 만드는 것이라고 생각하면, 나 역시 그들처럼 해볼 수 있을 것 같다.

할머니는 우리 가게를 '미친년 허벅지만 한 곳의 기적'이라고 불렀다. 사실 미친년은 정확히 누구이며 그 여자의 허벅지가 무엇을 말하는지 알 수 없지만, 먹고 사는 데 미친 듯이 매달렸던 여자의 가는 허벅지만큼 좁고 보잘것없는 곳이라는 의미와, 그런 곳에서도 망하지 않고 살아남았으니 그게 바로 기적이라는 뜻으로 짐작한다.

그런데 미친년 허벅지만 한 곳의 기적이 이런 식으로 이뤄져도 괜찮은 걸까? 세월이 흘러 이제 내가 할머니와 엄마가 있던 자리에 있게 됐다. 10년 전 누군가 내게 한국에 돌아가 할머니의 가게에서 커피를 팔게 된다고 말했다면 나는 어이가 없어서 웃음을 터뜨렸을 것이다. 그리고 지금은 인생이 내게 던진 이 농담에 웃고 만다. 어떻게 이렇게 됐는지 모르겠다. '우연'을 좋아한다는 문장을 책에 쓴 적이 있는데, 그 우연이 이것일 줄은 꿈에도 몰랐다. 그 책의 제목도 『몽 카페』다. 우리말로 옮기면 '나의 카페'라는 뜻. 나의 카페가 내가 알바하는 카페가 된 것은 정말이지 완벽한 우연이다.

이 카페에서 내가 일하는 대가로 받은 것은 한쪽에 놓인 작은 테이블과 팔걸이가 있는 의자다. 테이블은 네모반듯하고 의자는 조금 딱딱하지만 편안한데, 거기 앉는 순간 이곳이 바로 내 자리라고 느꼈다. 몸을 웅크리고 책을 펼치면 열리는 나만의 장소. 반려인이 아침부터 마들렌 반죽을 하는 동안 나는 그곳에 앉아 글을 쓰고, 읽고, 옮긴다.

오늘 아침에는 그 자리에서 최승자 시인의 『어떤 나무들은』을 읽었다. '아 슬픔이여'라는 말에는 그 슬픔이 가진 몇 프로의 풍자와 경멸과 진짜 슬픔이 있고, 그것에 딱 맞는 단어를 고르는 것은 하늘의 별 따기라고 말하는 시인이자 번역가의 말에 어제 옮긴 문장이 부끄러워졌다. 그러나 부끄러운 것은 부끄러운 것이고, 슬픔을 슬픔으로만 해석하지 않는 사람의 글을 읽는 일은 커다란 축복이다. 그 작은 테이블에서 슬픔의 세계가 확장된다.

나의 슬픔에는 몇 겹의 마음들이 있을까. 그걸 들여다보려는 순간, 손님들이 들어오고 영업이 시작됐다. 내 자리를 떠나야 하는 시간이 왔다.

온종일 바에서 커피를 내렸다. 의자는 텅 빈 채로 나를 기다렸고, 최승자의 『어떤 나무들은』은 테이블 위에 우두커니 놓여 있었다. 나는 몇 번이고 그곳을 바라봤다. 아, 내 자리! 마감에 허덕이며 쓰고 옮기는 기쁨을 다 잃은 줄만 알았는데 사람의 마음이라는 게 참 간사하다. 커피를 내릴수록 그 자리가 점점 더 그립다.

나는 곱게 분쇄한 커피에 93도의 물을 천천히 부으며 문장을 생각한다. 여러 겹의 마음을 다 끌어안은 '아 슬픔이여'라는 말은 테이스팅 노트tasting note가 풍부한 커피 같다. 맛있는 커피를 만들기 위해서는 물의 알맞은 온도와 원두의 적절한 분쇄도, 섬세한 동작이 필요하다. 하물며 문장은, 문장을 쓰고 옮기는 일은 어떻겠는가. 언어의 온도와 그것의 알맞은 크기를 찾기 위해서는 어떤 섬세함과 정확함이 필요할 것이다. 그러나 그걸 깨달은 이 순간, 나는 키보드가 아닌 주전자를 쥐고 있다. 지금 나의 자리가 얼마나 간절한지…….

최승자 시인은 어떤 나무들은 바다가 그리워 아무리 멀리 있어도 바다 쪽으로 구부러져 자란다고 말했다. 나 역시 그런 나무가 아닐까. 읽고 쓰고 옮기는 일을 향해 자라는 가지를 가진 나무. 그런 가지를 희망이라고 부른다지? 주전자를 쥐고 그런 희망을 품는 것은 우연에 휩쓸려 살아가는 나다운 일이다. 나는 언제나 꼭 엉뚱한 곳에서 내 자리로 돌아가기를 희망한다.

영업이 끝나고 마지막 컵을 깨끗이 씻고 내 자리로 돌아와 다시 책을 펼쳤다. 창밖으로 어둠이 내려앉았고, 음악이 꺼진 텅 빈 공간은 어색하리만큼 고요했다. 문득 할머니와 엄마가 떠올랐다. 그 두 사람은 이곳에서 어떤 기적을 간절히 꿈꿨을까. 가만히 생각해보면 이 장소의 유산은 다른 게 아니라 간절함인 것 같다. 이제 내게도 간절함이 하나 생겼으니까. 글이라는 바다를 향해 내 가지를 휘는 일, 읽고 옮기고 쓰는 일을 향해 몸을 휘는 일. 나는 그것이 내가 평생 할 수 있는 업이 되기를 바라고, 또 그 업으로 할머니와 엄마가 그랬듯이 나와 내가 사랑하는 사람들을 돌보고 싶다. 어떤 사람들의 절실하고 성실한 노동처럼 쓰고 옮기고 싶다. 그것이 나의 바다로 가는 일이 아닐까. 물론 그 바다가 얼마나 멀리 있는지는 중요하지 않다. 닿지 못해도 상관없다. 바다가 있는 방향을 아는 나무로 살 수 있다면…… 나는 그냥 그곳을 향해 내 가지를 뻗어보겠다.

두 사람

좋아하는 방이 있었다. 가로등 아래 서서 목을 길게 빼면 그 방의 창문이 보였다. 창문을 가리는 커튼과 커튼 뒤 그림자까지 모두 다 좋아하는 것이었다. 그리고 가로등 아래 서 있는 것은 나였다. 나는 초인종을 '딩동' 누르는 대신에, '헤이' 하고 목청껏 외쳤고, '헤이', 그렇게 부르면 문이 아니라 창이 열렸다. 그림자가 빛이 되던 순간을 기억한다. 내가 좋아했던 방에는 그가 살았다.

좁은 엘리베이터를 타고 5층으로 올라가는 동안, 나는 수도 없이 '엘리베이터가 멈춘다면'을 상상했다. 오래된 아파트의 엘리베이터에서는 늘 이상한 소리가 났고, 언제 고장이 난다고 해도 이상할 게 없어 보였다. 언젠가 크리스마스이브에 엘리베이터에 갇혔던 할머니의 이야기를 들은 적이 있다. 모두가 크리스마스 휴가를 떠났을 것이라는 생각에 비상벨도 누르지 않았다는 그 노부인은 장바구니 속에 담겨 있던 크리스마스 파티용 음식으로 이틀을 버텼다고 한다. 샴페인, 초콜릿케이크, 푸아그라가 있었을까? 나는 그 엘리베이터를 탈 때마다 가방 속에 있는 것들을 헤아렸다. 초콜릿, 시집 한 권. 엘리베이터가 멈춘다면 초콜릿을 아껴 먹고, 엘리베이터 저편에서 나를 기다리고 있을 그에게 편지를 쓸 생각이었다. 편지를 쓸 펜이 없다면 하고 싶은 말을 품은 시 한 편을 찾아 그 페이지를 찢어 엘리베이터 문틈으로 밀어 넣어야지, 엘리베이터 너머의 세계로 시인의 말을 빌려 나의 말을 보내야지 다짐했었다. 그즈음 내 가방에는 늘 허수경 시인의 『혼자 가는 먼 집』이라는 시집이 있었고, 나는 엘리베이터 문이 닫힐 때마다 곱게 접어둔 페이지를 찢을 각오를 했다.

"당신……, 당신이라는 말 참 좋지요, 그래서 불러봅니다"라고 적힌 그 페이지를.

엘리베이터 문이 우리를 가로막는다면, 내가 그에게 보내고 싶었던 말은 '당신', 그것이었다.

우열을 가릴 수 없을 만큼 하고 싶은 말이 너무 많아서 아무 말도 쓸 수 없을 때, '당신'이라 부르면 그저 함께 있는 느낌이 들었으니까.

사랑은 왜 그렇게 '당신'을 부르고 싶어지는 일인지.

그러나 다행히 엘리베이터 문이 잠기는 일은 없었다. 나는 늘 무사히 5층에 도착하여 그의 방문을 두드렸고,

'똑똑, 똑똑똑똑똑.'

암호 같은 두드림에 그가 문을 열면 거기, 그 작은 방이 한눈에 들어왔다.

일본식 다다미 침대 위에 깔린 남색 이불과 창가의 하늘색 커튼. 흔들거리는 카페용 테이블과 의자, 모서리가 깨진 낮은 탁자, 한 줄로 쭉 늘어놓은 책, 고장 난 티브이. 길에서 주워 온 버려진 물건들이 그 방에서 다시 태어났다. 조금 부서졌으나 아주 망가지지는 않을 각오로, 상처 입었으나 병들어 죽지 않을 마음으로, 너무 오래 가난하지 않을 희망으로.

우리는 다다미 침대 위에 앉아 희곡을 읽었다. 희곡을 읽는 일은 돈이 들지 않았고, 그는 다섯 명의 배우가 되어 대사를 읊었고, 나는 해와 달이 됐다가, 사계절이 되기도 하고, 켜지고 꺼지는 조명이 되어 그를 비추고 그를 감췄다. 그때 그 방 안에서 우리는 무엇이든 할 수 있었다. 작은 신이 되어 낮과 밤을 만들고, 바다를 건너거나 왕국을 세우기도 했다. 한편 우리가 할 수 없었던 일은 조금 더 넓은 집에서 함께 사는 일. 빛이 잘 들어오고, 물이 새지 않는 욕실이 있고, 4인용 식탁이 있는 집

을 갖는 일.

우리는 연극을 공부하는 학생이었고, 아르바이트를 했고, 월급날이 되면 서로를 위해 작은 선물을 샀다. 시집이나 희곡, 음반이나 꽃 등등. 기념일에는 레스토랑에서 점심을 먹었다. 점심 메뉴는 저녁보다 늘 저렴했으니까. 점심도 비싸게 느껴질 때는 괜찮은 카페에서 아침을 먹었다. 동네 카페에서 막 나온 바게트와 크루아상을 사고, 카페에서 커피를 주문하고. 카페 주인과 친해지면 공짜로 버터를 얻기도 했다. 따뜻한 바게트를 반으로 자르고 다시 반으로 잘라 그가 버터를 바르면, 나는 딸기잼을 바르고.

우리가 만난 지 1년이 되는 날, 우리는 파리에서 제일 비싼 카페에 가서 제일 저렴한 커피를 마셨다. 나는 파란색 원피스를 입었고, 그는 파란색 셔츠를 입었다. 지나가던 누군가가 "아름다운 커플이네요!"라고 말해줬다. 내 생에 가장 아름다운 기념일이었다.

우리는 그렇게 도토리를 모으듯이 부지런히 작은 행복을 모았다. 나는 그에게서 휘발하지 않을 마음을, 추운 날 기댈 수 있는 온기를, 허기진 날 채울 수 있는 추억을 받았다.

우리가 4인용 식탁과 물이 새지 않는 욕실이 있는

집에서 함께 살게 됐을 때, 나는 연극을, 그는 오래 꿈꿨던 파리의 무대를 버렸다. 우리는 작은 트럭에 식탁과 서로에게 선물한 책과 음반, 우리의 시간을 싣고 지방으로 내려갔다. 파리에서 네 시간. 그 거리는 최초의 꿈에서 멀어지는 시간이었다. 우리는 그다지 서운하지 않았다. 트럭에 실린 4인용 식탁이 있었기 때문이다. 길가에서 주운 것도 아니고, 어디가 부서지거나 망가지지 않은, 우리가 처음으로 함께 산 그 예쁜 식탁이 있었으니까.

도착한 곳은 지방의 소도시였다. 중심가에서 한참 떨어진 동네의 작은 아파트에 우리는 그 식탁을 놓았다. 아는 사람 하나 없는 도시에서 그 식탁에는 늘 둘뿐이었지만, 얼마나 좋았던지. 우리는 매일 요리를 했고, 우리만의 작은 파티를 열었고, 두고 온 것은 까맣게 잊고 그렇게 멀끔한 삶을 살 수 있는 게 그저 기뻤다. 우리는 그 도시에서 결혼했다. 소수의 사람들 앞에서 결혼 서약서에 서명했다.

"후회하지 않을 자신 있습니까?"

결혼식을 진행하던 시의원이 물었다(프랑스에서는 시청에서 결혼식을 올리면 시장 혹은 시의원이 결혼식을 진행한다).

"네!"

우리는 망설임 없이 대답했다.

우리 두 사람은 모든 것을 얻었다. 집과 4인용 식탁과 물이 새지 않는 욕실. 그런 삶이 우리에게는 오지 않을 줄 알았는데…….

우리가 잃었던 것은 딱 하나, 딱 한 번.

아이, 우리는 아이를 잃었다.

아이, 아이라고 할 수 있을까? 아이가 아니라면 그 형체에 어떤 이름을 붙여줘야 할지 잘 모르겠다. 배 속에서 심장이 혼자 멈췄다던, 아직 사람의 형태가 없었던 그 아이를 잃었던 날에 나는 길바닥에 주저앉아 울었다. 우는 이유를 딱히 꼬집어서 말할 수 없었는데……, 아이를 잃은 것이 슬픈 것인지, 아이를 너무 늦게 부른 것이 슬픈 것인지, 아이가 없어져서 속이 시원한 것인지, 그렇게 생각하는 내가 그냥 이기적인, 이기적이어서 슬픈 사람인 것인지 알 수 없었다.

나는 딱 하루를 울었다. 울음을 그친 후에는 다시 일상으로 돌아왔고, 시끄럽게 울고 나니 더는 목소리를 내고 싶지 않아 책을 펼쳤다. 그런데 책 속의 여자들은 왜 그렇게 아프거나 아이를 잃거나, 무언가를 자꾸 잃는 것인지. 나는 또 책이 싫어졌다. 그리고 제일 싫었던 것은 삶. 눈 뜨면 쏟아지는 그것이 가장 싫었다.

모든 것이 싫다고 말하는 내게 그가 처음으로 편지를 남겼다.

그의 편지에는 우리의 처음이 있었다. 가로등 아래 내가 있었고, 내가 '헤이'라고 그를 불렀고, 그가 창문을 열자 내가 웃고 있었고, 내가 웃을 때마다 환한 빛을 봤고, 엘리베이터가 5층에 도착하면 내 걸음 소리가 그의 심장 소리만큼 크게 들렸고, 내가 방문을 열고 들어왔을 때 그의 작은 방에 있는 모든 것이, 언젠가 버려져 있던 그것들이 처음으로 창피하게 느껴졌었다는 이야기들. 나는 그의 편지를 읽으며 또 한 번 울음을 터트렸는데, 그때 그 울음은 무엇이었을까. 나는 사람의 눈물이라는 게 무엇인지 잘 모르겠다.

그의 편지를 읽으며 가로등 아래와 엘리베이터와 그 방을 떠올리다가 볼 수 없었던 풍경을, 들을 수 없었던 소리를 나를 마주한 그가 보고 듣고 있었다는 사실을 깨달았다. 나는 다시 '당신'을 부르고 싶어졌다. 멈춘 엘리베이터의 닫힌 문 틈새로, '당신'으로 시작하는 그 시를 보내고 싶었다. 다시 엘리베이터의 문이 열려 그의 방에 도착하기를 바랐다.

'똑똑, 똑똑똑똑똑.'

암호처럼 문을 두드리면 열렸던 그 방문.

그 방에서 버려졌던 마음이 다시 태어났다. 부서졌으나 아주 망가지지는 않겠다는 각오로, 상처 입었으나 병들어 죽지 않을 마음으로, 오래 가난하지 않을 희망으로.

작은 방이었다. 남색 이불이 깔린 일본식 다다미가 있었고, 바람이 불면 하늘색 커튼이 나풀나풀 춤을 췄고, 흔들거리거나 깨진 것들이 조용히 빛나는, 다시 태어나는.

그곳에 두 사람이 있었다. 서로의 눈이 되어주고, 기억이 되어주자고 다짐했던.

오래, 우리 앞에 펼쳐질 너무 거대한 시간을 헤아릴 수 없어 그저 '오래'라고만 약속했던 두 사람.

거기에 그리고 지금 여기에

두 사람이 있다.

오래, 여기, 함께.

나의 나무들

일터(카페)로 가려면 시장을 통과해야 한다. 아치형 지붕으로 덮인 재래시장인데, 그곳을 걷노라면, 고층 빌딩이 있는 대도시나 커다란 나무가 있는 산책길과 다르게 나의 시선은 아래로, 땅으로 향한다.

태어날 때부터 시장에서 살았던 나는 놀이터나 학원가 대신에 시장의 골목을 누비며 자랐다. 아파트에 사는 애들이 플라스틱 배추나 무로 소꿉장난할 때, 나는 진짜 배춧잎과 무 줄기를 주워서 흙에 섞어 동생에게 먹이는 친환경적인 놀이를 즐겼다. 비 오는 날에는 물이 참방참방 차오르는 시장 골목을 신나게 쏘다녔고, 눈이 많이 온 겨울에는 과일 가게 앞에 버려진 비닐 자루를 주워서 썰매를 탔다(비닐 자루 썰매는 나무로 만든 썰매보다 훨씬 잘 미끄러진다). 우리의 일탈은 양동이에 쓰레기를 담아와 어른들 몰래 불장난을 하는 것이었다. 동네의 남자애들은 주머니 속에 아버지나 삼촌의 라이터를 넣어서 다녔고, 걔들이 드럼통에 우리가 주워 온 것들을 넣고 불을 피울 때, 동네 아이들은 숨을 죽이고 연기가 올라오는 것을 바라봤다. 코가 시커먼 애들의 얼굴, 불 냄새, 시장에서 누군가 목이 터지게 외치는 배춧값, 고등엇값. 그 모든 풍경은 시장을 떠난 아이들과 아치형 지붕의 등장과 함께 사라졌지만, 내 기억 속 유년의 풍경으로 남아 있다. 어떤 사람은 빌딩을 보며 자라고, 어떤 사람은 푸른 대지를 보며 자란다는데, 나는 시장 바닥에 주저앉은 나무들을 보며 자랐다. 비가 오면 파란 비옷을 입고, 머리에 검은 비닐을 뒤집어쓰고, 폭염에는 분홍색 수건을 목에 두르고 땀을 닦고, 겨울에는 솜이 들어간 바지와 조끼를 몇 개씩 껴입는 나의 낮은 나무들.

오늘도 출근하는 길에 정수리를 드러낸 나무들을 봤다. 자다가 일어나 머리카락이 눌린 반찬 파는 이모의 정수리, 탱글탱글한 파마머리가 동서남북으로 뻗은 과일 파는 아줌마의 정수리. 나는 나무만큼 한자리를 오래 지킨 그 정수리 미인들의 옷차림을 보며 계절을 알아챈다. 솜이 들어간 바지, 목에 감은 스카프, 털실로 촘촘하게 짠 조끼. 오늘이 입동인가 보다. 땅바닥에서 냉기가 올라오는 계절이 왔다. 지금 내 나무들의 손등과 볼과 입술이 허옇게 트고 있다.

길에서 야채를 파는 할머니를 만나 상추를 샀다. 할머니는 소쿠리에 담긴 상추를 한 움큼 집어 검은 봉지에 담더니 다시 한 줌을 보태 넣는다. 시장에서 저울보다 정확한 것은 상인들의 눈대중이다. 나는 검은 봉지를 건네는 할머니의 '기역' 자로 휜 몸이 내가 일하는 카페 앞에서 자라는 나무를 닮았다고 생각한다.

약 20년 전에 시장의 상인들이 삭막한 길이 보기 싫다고 콘크리트 바닥 위에 흙을 퍼다 날라서 심은 등나무다. 그때 함께 심은 다른 나무들은 다 죽고 그 나무만 살아남았다. 지나치게 알록달록한 옷들과 촌스러운 간판 사이에서 오랫동안 등나무 한 그루가 유럽 감성으로 우리 가게 지붕을 덮고 있었다. 그런데 여름에 강행했던 리모델링 공사 때문이었을까? 나무가 시름시름 앓다가 잎을 모조리 잃었다.

"죽었네."

언젠가 시커멓게 변한 나무 앞에서 가만히 읊조리고 있었는데, 초능력 수준의 청력을 가진 시장 이모들이 내 말을 듣고 다가와 말했다.

"아직 몰러."

다 죽어가는 나무를 살린 것은 그 이모들(동네 아주머니들은 모두 이모다)이다. 이모들은 돌아가면서 물도 주고 약도 주고, '못쓰것다' 혀도 차고, '불쌍하다' 달래기도 하며 나무를 돌봤다. 그러다 며칠 전, 카페 앞에 옹기종기 모여 있던 이모들이 나를 불렀다.

"유진아, 살았다!"

기차 화통 삶아 먹은 그들의 목청과 그 주어 없는 문장은 얼마나 힘이 세던지! 나도 모르게 벌떡 일어나 문을 열고 나가 보니 이모들이 몸이 구부러진 그 나무의 푸른 잎을 가리키고 있었다.

"봐라, 이제 덩굴처럼 바닥으로 가지를 뻗으면서 살아남을 테니까. 내년 봄이면 무성한 잎들이 유진이 가게 앞을 다 뒤덮겠네. 얼마나 예쁠까!"

얼마나 예쁜가, 바닥에서 자라는 것들은! 몸을 낮추고 가지와 줄기를 낮게 뻗어 다른 식물들과 잎과 가지, 뿌리를 엮고 사는 것들은 얼마나 아름다운가! 그리고 지금 내 눈앞에는 그 나무만큼 어여쁜 야채 파는 할머니가 있다. 시장의 차가운 바닥을 온몸으로 데우는 사람, 먹고사는 일에 성심을 다하는 사람, 그가 기지개를 켜듯 몸을 일으켜 세우며 내게 상추를 건넨다.

"오늘도 장사 잘혀!

"그럼요. 할머니도 오늘 대박 나세요."

좌판에 소쿠리 다섯 개, 거기 담긴 상추를 모조리 팔면 얼마나 될까. 그걸 다 팔고 고구마도 팔면 조금 버실 수 있으려나. '대박'이 그에게 어울리는 말인지 모르겠으나, 언젠가 할머니가 "상추랑 고구마를 다 팔면 발 뻗고 자지"라고 했던 말이 떠올라 엄지손가락을 들어본다. 어울리지 않는 애교라고 해도 좋고 아부라고 해도 좋다. 그렇게 해서라도 나의 가는 뿌리를 그의 굵고 튼튼한 뿌리에 엮어보고 싶으니까.

시장을 떠나 살면서 나를 제일 가난하게 했던 말은 "엮이지 마"였다. 누군가를 만나 서로의 뿌리와 가지가 엉키는 일이 고통이나 불편이 되는 관계를 맺으며 나는 얼마나 약하고 외로운 사람이 되었는지……. 다시 돌아와 사람과 '엮는 일', '엮이는 일'을 배운다. 이곳에서는 우리의 얽힌 뿌리와 가지가, 어느 날 도끼 같은 불행이 우리를 내리쳤을 때 쉽게 잘려 나가지 않도록 서로를 지탱해주는 힘이라는 것을 안다. 시장의 할머니들, 이모들에게서 배운 것이다. 그 여자들의 호탕한 언어와 거침없는 몸짓과 번뜩이는 눈빛이 가르친 것이다. 그러니 지금 나는 이 시장에서 낮은 나무로 사는 법을 배우는 중이 아닐까. 아니, 내가 뿌리가 있는 나무라는 것을, 나의 뿌리가 다른 뿌리와 단단히 엉켜 있다는 것을 깨달아가는 과정이 아닐까.

익산시 중앙동 중앙시장. 이곳에는 꽃 같은 여자들 말고, 나무 같은 여자들이 산다. 장미처럼 입술을 빨갛게 칠해도, 철쭉처럼 진분홍 스카프를 둘러도 그들은 누군가의 기분에 쉽게 꺾이는 꽃이 아닌, 아무도 흔들지 못하는, 뽑히지 않는 나무다.

나를 키웠던 시장으로 다시 돌아와 매일 이 길을 걸으며 나무가 된 사람들의 삶을 책처럼 펼친다. 더듬더듬 읽다 보면, 그 삶을 글로 옮기는 날도 오지 않을까? 나는 그렇게 내가 아는 이 나무들을 증언하고 싶다. 가지가 꺾이는 아픔을 겪어본 적 있는 당신에게 그 굽은 삶의 아름다움을 전하고 싶다.

언니

은희 씨의 별명은 '법대 나온 여자'다. 물류 창고 사람들은 은희 씨를 그렇게 부른다. 언젠가 점심시간에 동료에게 사법고시 준비했던 적이 있다고 말한 것이 화근이 됐다. 물류 창고에서 가장 바쁜 것은 손과 입이고, 은희 씨의 소문은 금세 퍼져 그런 낯간지러운 별명을 얻게 되었다.

새로운 별명이 생긴 이후, 법대 나온 여자 은희 씨의 일상은 조금 분주해졌다. 사람들은 빌려준 돈을 받지 못할 때, 집주인이 집세를 올리겠다고 말할 때, 심지어 부부관계에 문제가 생겼을 때도 은희 씨를 찾는다. 은희 씨는 법률에 관한 것이라면 기억나는 게 거의 없지만, 좀처럼 거절하지 못한다. 건방지다는 소리를 듣고 싶지 않아서다.

은희 씨는 사람들의 말을 무서워한다.

은희 씨는 어릴 때부터 성격이 소심했다. 싫은 것과 좋은 것이 불분명했고, 화를 내는 일도 별로 없었는데, 유독 엄마에게만큼은 짜증을 잘 부렸다. 나는 어릴 때, 은희 씨가 은희 씨의 엄마에게 물건을 집어 던지는 모습을 본 적 있다. 그때 은희 씨의 엄마는 내게 은희 씨가 사춘기를 앓고 있는 것이라고 말했는데, 그 '앓는다'는 말이 얼마나 꺼림직했었는지……. 나는 마치 전염병이나 난치병처럼 은희 씨의 사춘기가 내게 옮을까 봐 은희 씨에게 가까이 다가가지 못했다.

언젠가 은희 씨가 머리를 짧게 자르고 나타난 적이 있었다. 어릴 때부터 긴 머리를 고수해오던 은희 씨의 짧은 머리는 은희 씨를 조금 더 반항적으로 보이게 했던 것 같다.

"머리 잘랐어?"

내가 은희 씨에게 물었을 때, 엄마는 내 옆구리를 쿡 찔러 조용히 하라고 눈치를 줬다.

"자른 거 아니야. 잘린 거야. 우리 아빠가 부엌 가위로 잘라버렸어."

은희 씨는 시큰둥하게 대답했다.

어른들은 은희 씨의 머리카락이 잘려 나간 이유를 내게 말해주지 않았지만, 어린아이의 귀는 방문에도 붙어 있고 이불 속에도 숨어 있는 법. 그렇게 내가 몰래 들은 내용을 종합해보면, 사춘기를 '앓은' 은희 씨가 학교의 짱(그 당시에는 그렇게 불렸는데, 지금은 뭐라고 부르는지 모르겠다)과 사귀었고, 그 짱이 은희 씨를 오토바이에 태우고 질주하다가 경찰에 붙잡혔다. 그 사실을 알게 된 은희 씨의 아버지는 분노했고, 은희 씨의 트레이드마크였던 긴 머리카락을 다 잘라버렸던 것이다.

짧은 단발머리가 된 은희 씨는 점점 말이 없어졌고, 학교에서 친구들과 어울리지 않았다.

"애들이 나보고 걸레래."

언젠가 우리 집에 놀러 온 은희 씨가 내게 말했다. 나는 그때 걸레라고 놀림받았던, 우리 반 여자애 한 명을 떠올렸다. 누가 뭐래도 눈물 한 방울 흘리지 않았던, 그래서 더 미움받았던 깨끗하고 예쁜 그 얼굴을.

"너는 그러지 마. 그런 말 하지 마."

은희 씨가 담배를 피우며 내게 말했다.

그날 나는 은희 씨와 두 가지 약속을 했다. 아무리 미워도 사람에게 걸레라고 부르지 말 것. 은희 씨가 담배를 피운다는 사실을 말하지 말 것.

30년이 지났다. 나는 은희 씨와의 약속을 아직 어기

지 않았다.

사춘기를 힘겹게 지나온 은희 씨는 다시 공부를 시작했고, 대학에 갔다. 또 사법고시를 준비했다. 그 사이 은희 씨의 집안 형편은 점점 어려워졌고, 온 가족이 은희 씨의 사법고시 패스에 희망을 걸었지만 은희 씨는 번번이 시험에 떨어졌다.

"실패한 사람."

언제가 은희 씨는 사람들이 자신의 등 뒤에서 그렇게 말하는 것을 듣게 됐고, 그때부터는 어디에 가도 그 말이 따라다니는 것 같았다. 은희 씨는 친구를 만나고 싶지 않았다. 동창들을 다시 보고 싶지 않았다. 실패한 사람이라고 손가락질 받고 싶지 않았다.

그런데 사람들은 정말 은희 씨를 실패한 사람이라고 불렀을까? 가끔 은희 씨는 자신의 기억을 의심해본다. 은희 씨가 사람들의 말이라고 기억하는 그것이 혹시 은희 씨 자신의 말은 아니었는지.

은희 씨의 퇴근 시간은 아침 7시다. 아침에 퇴근해서 씻고 잠을 자고, 오후 3시쯤 일어나 밥을 한 끼 먹고, 다시 출근 버스를 타고 물류 창고로 간다. 창고에 도착하면 동료들과 저녁을 먹는다. 처음에는 모르는 사람들

틈에서 도시락을 먹는 게 괴로웠는데, 이제는 익숙해졌다. 몇 년 동안 수많은 동료를 만나고 헤어졌지만, 은희 씨만큼 오래 버티는 사람은 드물었다. 일을 시작하면서 은희 씨의 몸무게는 약 7킬로그램이 빠졌다. 오랜만에 만난 사람들이 은희 씨를 보고 깜짝 놀랄 때마다 은희 씨는 그것이 긍정적 반응인지 부정적 반응인지 알 수 없어 애매한 미소를 짓곤 한다. 그러나 정작 은희 씨는 자기 몸에 대해 깊이 생각해본 적이 없다. 아무 바지나 쏙쏙 들어가는 게 편하다고 느꼈을 뿐이다. 다만 방에 웅크리고 앉아 긴 팔을 구부려 자신을 안을 때, 단단하게 만져지는 갈비뼈가 조금 신기하다고 생각한다. 사람의 몸이 이토록 단단한 것으로 둘러싸여 있다는 것이. 그리고 그 안에 말캉말캉하고 펄떡거리는 무언가가 있다는 것이.

"뭐야, 징그럽게."

방 안에 앉아 자신을 끌어안아본다는 은희 씨의 말에 나도 모르게 소리쳤다. 은희 씨는 내게 진지하게 말했다.

"그렇게라도 살아 있는지 확인하고 싶을 때가 있어."

나는 은희 씨의 말을 들으며 은희 씨가 읽었고, 은

희 씨가 너무 작은 방으로 이사하는 바람에 내 것이 되어버린 책들을 떠올렸다. 그 책 중 하나에 그런 말이 있었던 것 같은데……. 나는 살아 있음을 확인하고 싶은 은희 씨가 꼭 소설 속 주인공처럼 느껴졌다.

은희 씨는 방에 앉아 갈비뼈를 쓰다듬으며 휴일을 보낸다. 갈비뼈를 만지다 보면 잠이 쏟아지고, 일단 잠이 들면 도무지 일어나지 못한다. 한번은 건넛방에 있던 아버지가 복통으로 쓰러져 구급차에 실려 간 적이 있는데 그때도 은희 씨는 잠을 잤다. 꿈속에서 어머니가 우는 소리를 들었던 것도 같았지만, 은희 씨의 어머니는 너무 자주 우니까. 은희 씨는 울지 않아야 할 때도 터져버리는 어머니의 울음을 이해하지 못한다. 은희 씨에게 그런 울음은 낭비일 뿐이다.

"운다고 뭐가 달라져?"

은희 씨가 자주 하는 말이다.

잘 울지 않는 은희 씨는 최근 안구건조증이 심해져 인공눈물을 넣어야 한다. 은희 씨는 작은 안약을 한 방울 눈에 넣을 때마다 자신의 처지가 조금 우습게 느껴진다. 눈물을 넣어야 하는 눈이라니, 마치 슬픔이 연료인 사람 같지 않은가. 슬픔이 연료인 사람. 그런 말을 가만히 읊조리는 은희 씨는 종종 슬픔으로 나아가던 사람들을 떠올려본다. 컵라면에 김밥으로 끼니를 때우며 오늘을 참았던 고시원 사람들, 대출금을 갚기 위해 밤을 새우는 물류 창고의 사람들. 그렇게 한동안 그들을 생각하고 나면 다시 슬픔으로 멈춘 사람들의 얼굴이 찾아온다. 취업과 시험에 실패하고 연락이 끊긴 사람들, 물류 창고에서 해고된 사람들. 슬픔으로 나아가는 사람들과 슬픔으로 멈춘 사람들 중에 어느 쪽이 더 슬플까? 어려운 질문이다. 그런 어려운 질문 앞에서 은희 씨는 버릇처럼 자신을 꼭 끌어안고 갈비뼈를 만진다. 은희 씨는 나아가고 있을까 멈췄을까. 그런 것을 곰곰이 따져보다가 은희 씨는 어느 순간 스르륵 잠이 들었고, 아버지가 병원에 실려 가거나, 어머니가 우는 것을 까맣게 모르고 도무지 일어날 수 없다고, 그러니 자신은 아무래도 멈춘 사람인 것 같다고 생각하며 다시 눕는다. 눈을 뜨면 하루가 가고 다시 밤이 오고…….

"밤이 와버려."

은희 씨는 자주 그렇게 말한다. 꼭 더디 와야 하는 것이 너무 빨리 오는 것처럼.

"여름에는 밤이 너무 짧아. 난 밤이 좋은데, 우리 늦게까지 자지 말자."

열네 살이었던 은희 씨가 내게 했던 말이다. 물론

은희 씨는 기억하지 못한다. 천천히, 또박또박 '밤이 너무 짧아'라고 말하던 은희 씨의 얼굴은 이제 내 기억 속에만 남아 있다. 그때 은희 씨의 앞머리는 동그랗게 말려 있었고 입과 눈은 반달처럼 휘어져 둥글게 웃고 있었다. 은희 씨는 내가 그 시절의 이야기를 꺼내면 눈을 찌르는 머리카락을 넘기며 너무 뾰족해진 얼굴에 잠시 둥그런 미소를 되찾는다. 그러면 나는 우리가 어릴 때 은희 씨가 이불 속에서 들려주던 이야기를 기억하느냐고 물으려다가 은희 씨가 자꾸 졸린다고 하품하는 바람에, 아니 정말로 졸린 것 같아서 가만히 기억의 문을 닫는다. 은희 씨는 지금 기억이 아니라 잠이 필요한 사람이니까. 잠이 부족한 사람에게 기억은 무거운 눈꺼풀 같은 것, 견딜 수 없이 내려앉아 컴컴해지는 것이니까.

어느 날 꾸벅꾸벅 졸다가 고개가 한쪽으로 기우는 은희 씨를 "언니!" 하고 불렀다. 목이 아플까 봐 베개를 주려고 부른 것인데, 은희 씨는 얼굴을 살짝 찌푸리더니 잠꼬대를 하듯 내게 말했다.

"언니라고 부르지 마, 언제부터 언니라고 불렀다고. 네가 언니라고 부르면 내가 너한테 꼭 언니다운 뭔가를 해야 할 것 같잖아."

나는 그 말이 너무 언니다워서 피식 웃었다. 언니다

운 무엇이라니……. 그런 고민은 언니들만 할 수 있는 것이 아닌가.

얼마 전에 은희 씨에게서 전화가 왔다. 머리카락을 잘랐다고 했다. 이번에는 잘린 게 아니라 자른 것이라고 하며 웃었다. 나는 짧은 머리에 둥글게 웃는 은희 씨를 상상하다가 은희 씨를 따라 나도 둥글게 웃고 말았다. 기억의 문이 빼꼼히 열렸다.

여름방학이 되면 은희 씨가 우리 집에 놀러 와 내 방에서 며칠을 함께 지내곤 했다. 우리는 밤마다 이불 속에서 좋아하는 가수의 노래를 불렀다. 신승훈, 윤상, 이승환……. 너무 짧은 여름밤이 아쉬워 잠 한숨 자지 않고.

은희 씨는 요즘도 잠이 부족하다. 물류 창고의 일은 더 많아졌고, 자주 코피가 나거나 복통이 있거나, 견디기 힘든 피로에 시달릴 때도 있다. 그래도 은희 씨에게는 새로운 즐거움이 하나 생겼는데, 그러니까 쉬는 날이면 자신을 꼭 끌어안고 예전에 좋아했던 영화를 다시 보는 것이다. 〈브로크백 마운틴〉 〈인투 더 와일드〉 같은 영화. 언젠가 그 영화들을 보며 블로그에 절대 고독이란 무엇인가 글을 쓴 적이 있다던 은희 씨는 블로그에 다시 무언가를 쓰기 시작했다. 아직은 비공개라 아무도 보지 못하지만, 언젠가 더 용기가 생긴다면 자신이 쓴 글을 내게 보여주고 싶다고 말했다.

은희 씨는 여전히 내가 '언니'라고 부르는 것을 싫어하고, 나 역시 은희 씨가 언니답기보다는 은희 씨답게 잘 살기를 바란다. 그러나 잘 살고 싶은 은희 씨의 마음이 나를 두드릴 때면, 나는 어딘지 모르게 나를 닮은 은희 씨의 얼굴을 보며 은희 씨를 아껴 불러본다.

가만히 '언니'라고.

미움의 역사

오래 미워했던 사람을 잃었다. 그 미움의 시작은 아마도 우리가 처음 만났던 순간이 아니었을까. 사정은 이렇다. 엄마가 오랜 진통 끝에 나를 낳았는데, 아기가(내가) 숨을 잘 쉬지 않았다. 의사는 가족들에게 아기가 살 가능성이 희박하다고 말했고, 할머니는 의사의 말이 떨어지자마자 그의 멱살을 잡고 분만실에 들어와 아기를 살려내라고 고래고래 고함을 쳤다. 그 소리가 얼마나 요란했는지 옆방에서 진통을 앓던 다른 산모들의 신음이 쏙 들어가고 순식간에 정적이 흘렀다고 한다. 그때, 기적처럼 아기가 '캑캑' 숨을 내뱉기 시작했다. 울음소리 대신 가냘픈 숨소리가 병원에 울려 퍼졌다. 그렇게 기적의 아이는 탄생했다. 그 성스러운 순간에 아이를 본 할머니는 이렇게 외쳤다고 한다.

"아이고, 뭔 아기가 저렇게 못생겼어!"

나는 이 신화 같은 이야기에 거짓이 얼마큼 섞여 있는지 알 수 없다. 할머니에게서 들은 이야기니까. 할머니들은 대체로 타고난 이야기꾼들이다. 엄마의 이야기가 어느 동화책에서 빌려 온 것이라면, 할머니의 이야기는 삶과 삶 이상의 것을 넘나든다. 그러니 진실 추궁이 무슨 의미가 있겠는가. 이야기의 화자가 엄마였다면 죽었다 살아난 아이는 기적의 아이로 축복을 받으며 끝이 났겠지만, 할머니의 결론은 다음과 같았다.

"세상에 그렇게 못생긴 아기는 다시 없을 것이다."

교훈도 훈훈함도 없는, 진짜 삶을 담은 이야기다.

"그게 태어난 아기한테 할 소리예요?"

그 이야기를 백한 번째 들었던 날, 억울한 일은 따져야 직성이 풀리는 성격으로 자란 나는 할머니를 꼭 닮은 표정으로 할머니에게 대들었다. 할머니는 야무지게 따지는 손녀 앞에 염치없는 듯한 미소를 지으면서도 당당하게 대답하셨다.

"내가 목에 칼이 들어와도 틀린 소리는 안 하는 사람이야."

언젠가 할머니와 밥을 먹다가 서로 소리를 지르며

싸웠던 적이 있다. 발단은 굴비였다. 식탁 위에는 굴비 두 마리가 있었고, 나는 식구들이 먹던 굴비가 아니라, 아무도 손대지 않은 살이 통통한 굴비에 젓가락을 푹 찔러 넣었다. 그 순간 할머니가 버럭 화를 냈는데, 이유는 감히 계집애가 아빠와 삼촌 먹을 것에 먼저 손을 댔다는 것이었다(안타깝게도 할머니는 오직 아들만이 이 집안과 자신의 삶을 구원해줄 것이라 믿었던 사람이다). 물론 가만히 당하고 있을 나도 아니었다. 나는 할머니 앞에서 굴비 두 마리를 양손에 움켜쥐고 걸신들린 듯 먹기 시작했다. 우리 엄마가 구워준 이 굴비를 절대 빼앗기지 않겠노라고 눈에서 레이저를 쏘면서. 할머니는 그런 나를 보며 못생긴 계집애가 성질도 더럽다고 말했고, 나는 드디어 오래 참았던 말을 내뱉었다.

"내가 계집애면 할머니도 계집애인가요? 그리고 이 집에서 할머니가 제일 못생기고 제일 못돼먹었어요!"

그 밥상 전쟁은 엄마의 개입으로 내가 호되게 야단을 맞으며 끝이 났지만, 나는 묘한 승리감을 느꼈다. 일단 내가 굴비를 다 먹었고, 나보다 훨씬 더 못생긴(내 기준으로) 할머니에게 진실을 말해줬으니까. 할머니는 엄마에게 "네가 호랑이 새끼를 낳아 키웠다"라고 말했고, 내 귀에는 그 말이 '계집애' 따위의 말보다는 훨씬 더 좋게, 아니 칭찬에 가깝게 들렸다. 어쨌든 그날 이후로 할머니는 나를 '못생긴 계집애'가 아닌 '호랑이 새끼'라고 불렀다(기분이 나쁘면 배은망덕한 호랑이 새끼가 됐다).

할머니는 '호랑이 새끼'를 미워하고 구박했지만, 호랑이 새끼가 진짜 호랑이가 되리라는 희망을 품기도 했던 모양이다. 성질이 더러워서 어디 가서 지고 살지는 않을 것이라던 할머니의 이상한 덕담 속에는 지면 안 되는, 지면 밟혀 죽을 수도, 굶어 죽을 수도 있었던 할머니의 고된 삶이 투영되어 있었으리라. 이상한 놈한테는 '사납게 해라'라고, 호랑이처럼 눈을 번뜩이며 으르렁대던 할머니의 표정과 목소리가 지금도 생생하다.

서로를 향한 우리의 미움은 사춘기 시절에 절정에 달했다가 내가 성인이 되고, 할머니가 완전히 노인이 되면서 조금씩 작아지기 시작했다. 내가 자란 순간, 아니 내가 자랐음을 인식한 순간, 나를 둘러싼 모든 것이 작아졌다. 커다랗던 집도, 마당도, 할머니의 몸도. 나는 크고, 모든 것은 작아졌으니 작아진 것들을 내 품 안에 끌어안으면 그만일 텐데, 사는 일은 늘 내 계산과 맞지 않았다. 열심히 자란 나는 무엇 하나 끌어안을 수 없는 작은 품을 가졌고, 그런 나와 상관없이 작은 것들은 그저 소멸을 향해 점점 더 작아졌으니까. 호랑이 새끼는 자라도 호랑이가 되질 못했으니 할머니를 생각하면 안타까운 일이다.

프랑스로 떠나면서 할머니와 함께 살던 집을 나왔다. 그때 할머니가 울었는지는 기억나지 않는다. 나는 스물하나였고, 내게 할머니는 이제 뒤로 멀어지는 풍경 같은 것이었으니까. 그렇게 미움도 희미해졌다. 할머니 밑에서 호된 시집살이에 엄마가 힘들어할 때도 이제 그 미움이 내 것이 아니라고 생각하면 속이 다 후련했다. 내 소원은 온전한 독립이었고, 나는 마음의 탯줄을 싹둑 자르고 자유롭게 날아가고 싶었다. 탯줄을 자르고 떠난 사람은 배꼽이 상처라는 사실을 까맣게 모르고 산다. 남은 사람은 그 상처를 추억으로 여기며 살아가고……. 배꼽의 진실은 대책 없는 망각과 애정 속에 조개처럼 입을 다문다. 나는 인간의 몸 중에 가장 시적인 존재가 배꼽이 아닌가 싶다.

할머니의 배꼽은 분명 시적이었을 것이다. 나는 떠났는데, 나는 잊고 살았는데 할머니는 새벽마다 교회에 가서 나를 위해 시보다 간절한 기도를 읊었다고 한다. 집에서 사나웠던 우리 호랑이 새끼가 밖에서도 기죽지 않고, 누구한테도 지지 않는 진짜 호랑이가 되게 해달라고, 예수님의 이름으로 간절히 빌었다고 한다.

"그게 다 할머니의 욕심이야. 난 이제 꿈 같은 건 안 꿔."

언젠가 할머니에게 그렇게 말했다. 내가 내 인생에 거는 기대가 없는데, 할머니가 아무리 기도해봐야 소용없다는 이야기를 하고 싶었을 것이다. 내 말을 가만히 듣던 할머니는 또 한 번 내 속을 뒤집어놓았다.

"못생긴 줄만 알았는데, 못난 소리도 하고 자빠졌네."

그날은 방 안에 들어가서 혼자 화를 내다가 울었다. 못생긴 내가 슬펐던 건지, 못난 소리를 하는 나에게 화가 났던 건지, 무심한 포기로 위장한 절실한 마음을 들킨 것이 부끄러웠던 것인지 지금도 알 수 없다. 할머니도 못생겼다는 말에 새삼스레 서러워하며 방구석에 틀어박혀 엉엉 우는 손녀가 당황스러웠을까. 저녁 8시면 불이 꺼지는 할머니의 방에서 늦게까지 티브이 소리가 새어 나왔다. 청춘 드라마의 남녀 주인공들이 헤어지며 애절하게 울고 있었다.

"그래, 실컷 울어라. 우는 것이라도 네 마음대로 실컷 울어. 사는 게 울음보 터지는 일인 것을……. 애인은 저리 치우고 실컷 울다가 일어나라."

방문 너머로 할머니의 목소리가 들렸다. 다음 날, 할머니는 어김없이 새벽기도를 하러 갔다. 내가 포기한 나를 위해 할머니는 어떤 기도를 했을까.

돌아가시기 전까지도 할머니의 못된 성정은 달라지

지 않았다. 엄마에게 미운 소리를 하기도 했고, 입원하신 후에는 간병인에게 화를 내거나, 자식들이 당신을 병원에 버렸다고 울고불고 난리를 치는 일도 더러 있었다. 나는 할머니의 소식을 들을 때마다 아빠에게 "아직 멀었어"라고 말했다. 저승사자가 데리러 왔다가 욕만 실컷 얻어먹고 갈 것이라고…….

그날은 조금 이상하지 싶었다. 병원에서 집으로 돌아온 할머니를 찾아뵀는데, 기운이 없어 누워 계시던 할머니가 고갯짓으로 나를 부르시더니 가만히 귓속말로 속삭였다.

"꽃이 보여, 사방이 다 꽃밭이야."

그리고 숨을 조금 헐떡이다가,

"예쁘네"라고 말했다.

"내가 예쁘다고요?"라고 농담 반 진담 반 섞인 물음에는 빙긋이 웃기만 했는데…….

"예쁘네. 우리 할머니 예쁘네."

나는 할머니의 손을 붙들고 말했다. 누워 있는 할머니의 얼굴이 정말로 맑고 예뻤으니까.

"꽃 필 때 가고 싶어."

할머니가 말했다.

"추울 때는 싫어."

할머니가 고개를 흔들었다.

봄이 오기 전에 할머니가 돌아가셨다. 눈이 많이 오는 날에 할머니의 관과 영정 사진을 들고 나뭇잎과 풀이 마른 묘지에 갔다.

"여기 꽃 펴?"

나는 아빠에게 물었다.

"봄 되면 철쭉도 피고, 진달래도 펴. 목련도 있고."

엄마를 잃은 나의 늙은 아빠가 잎을 잃은 나무를 붙들고 말했다.

할머니를 자주 잊고 살다가도 예쁜 꽃을 보면 할머니 생각에 피식 웃는다. 주어가 불분명했던 그 '예쁘다'라는 말도. 이상하지, 할머니를 생각하면 서글프거나 아프기보다 그냥 웃음이 나온다. 할머니와 손녀가 서로 못생겼다고 싸웠던 일, 굴비 한 마리로 다퉜던 일, 그런 일들이 자꾸 떠올라서. 그건 다른 누구와 절대 나눌 수 없는 마음일 것이다.

미움을 쓰자고, 미워하는 마음을 말하자고 다짐했는데 글을 쓰면서 내 미움이 조금 달라졌음을 깨닫는다. 그러나 이 이상한 변화가 싫지는 않다. 시간과 함께 변화하고 있다는 것은 우리의 미움의 역사가 아직 끝나지 않았다는 증거일 테니까. 죽음이나 이별 같은 것으로는 이 역사에 종지부를 찍을 수 없을 것이다. 서로를 미워했던 우리의 마음은 이제 이야기가 되어 계속 변화한다. 그리고 나는 그 이야기가 또 누군가의 이야기를 만나, 어떤 마음을 만나 계속 흐를 것을 확신한다. 미움이 연민이 되고 그리움이 되며, 거짓을 조금 보태 종국에는 너무 쉬워 허무해질 그 마음, '아니, 결국에는 이거였나'라고 털썩 주저앉게 될 그 흔한 마음, '사랑'에 이를지도 모를 일이니.

그러나 지금은 그저 미움을 쓰겠다. 미움을 그리워한다고 딱 거기까지만 말하겠다. 낯간지러워 다정한 말 한마디 못 했던 할머니와 나에게는 그 정도가 어울리지 않겠는가. 그렇게 미워했던 사람을 간직해도 되지 않겠는가.

서로를 미워했던 우리를 오래 기억하겠다.

어쩌면 사랑보다 더 오래.

이안 怡安

첫 번째 이안

세상에 없는 사람에게 이름을 선물해본 적이 있다. 어느 노부부의 아들이었다. 부부는 몇 년 전에 사고로 아들을 잃었다고 했다.

"그런데 제가 이름을 왜……."

당황하는 내게 그들은 아들을 처음 만난 날의 이야기를 덤덤하게 꺼냈다.

"4월이면 우리 동네에 아몬드 꽃잎이 날리는데요. 입양센터에서 집으로 함께 오는 차 안에서 그 하얀 꽃잎을 가리키며 아이가 '눈'이라고 말했어요."

네 살에 프랑스인 부부에게 입양된 아이는 하늘에

서 하얀 것이 떨어지면 모두 '눈'이라고 말했다. 아이는 한국에 대한 모든 것을 잊었지만, '눈'이란 단어만큼은 오래 기억했다고 한다.

"오래전에 잃어버린 한국 이름을 선물해주고 싶어요."

노부부는 말했다.

세상을 떠난 아들의 이름은 다니엘이었다고 한다. 부부의 지갑 속 사진의 다니엘은 언뜻 나와 비슷한 또래로 보였다.

노부부와 나는 다니엘의 나라, 한국에 대해 이야기를 나눴다. 그들은 다니엘이 부산 출신이라는 것을 알고 있었고, 그래서 내게 그 도시를 물었다. 나는 딱 한 번 친구와 놀러 갔던 기억을 더듬어 내가 본 바다와 고개의 풍경을 전해줬다.

"부산에는 눈이 많이 와요?"

노부인이 물었다.

"한국에서 눈이 가장 잘 안 오는 도시라고 들었는데요."

내 대답에 부부가 웃었다.

"한국 이름을 꼭 지어주고 싶어요."

부부는 다시 한번 말했다.

나는 세상을 조금 일찍 떠난 다니엘에게 '이안'이란

이름을 선물했다.

기쁠 이, 편안할 안, 이안.

죽음 다음에 어떤 세상이 있는지 알 수 없지만 어디서든 기쁘고 편안했으면 하는 마음으로 지은 이름이다. 노부부는 내가 한글로 적어준 '이안'이란 이름을 아들이 영면해 있는 납골당에 두겠다고 했다.

나는 그들에게 무슨 말을 해야 좋을지 몰라서 "당신들의 슬픔을 어떻게 위로해야 할지 모르겠어요"라고 말했고, 내 보잘것없는 위로에 그들은 옅은 미소를 지으며 이렇게 말했다.

"슬픔은 지나갔어요. 이제 그리움만 남았죠."

슬픔이 지나간 그리움. 나는 슬픔의 목적지를 깨달은 사람처럼 그 말을 오래 곱씹었다. 오래 걸어 닳아진 슬픔이 가만히 누운 자리에서 그리움이 피는 상상을 했다. 나는 그날 이후로 눈이 오는 계절이 되면 한 번도 만난 적 없는 이안을 그리워했다.

올겨울, 부산에 눈이 올까?

두 번째 이안

이야기를 짓고 싶었다. 그 무렵 도시에는 좌절과 두

려움이 넘쳐서, 무엇이라도 써서 헛헛한 마음을 채우고 싶었다. 지하철, 공항, 쇼핑몰, 광장, 사람이 모이는 곳이라면 어디든 폭력과 죽음의 가능성이 있었다.

길을 걷다가, 옷을 사다가, 커피를 마시다가 기관총을 들고 있던 군인들과 자주 마주쳤다. 어쩌다 어깨라도 부딪힌 날에는 총이 내 옷깃을 스치고 지나가는 그 서늘한 감각이 견딜 수 없이 싫었다. 어느 날은 극장에서 누군가 잠시 놓아둔 가방 때문에 그곳에 있던 모두가 대피해야 하는 일이 있었다. 웅성거리는 사람 중에는 별일 아니라며 웃는 이들도 있었지만, 마지막 메시지를 남기기 위해 휴대폰을 손에 꼭 쥔 이들도 있었다. 영화가 아니라 모두 실제로 있었던 일들이다. 2015년 파리에서 연달아 테러 사건이 일어난 직후, 그곳에서 우리가 보고 겪었던 일들이다. 나는 사람들이 웅성거리는 극장에서 휴대폰을 꼭 쥔 사람이었다. 내가 마지막 순간에 보내고 싶은 메시지는 당연히 '사랑해'였다.

그즈음 연극을 한 편 봤다. 상실을 주제로 한 공연이었는데, 막이 내리고 관객과의 대화 중 객석에서 누군가 마이크를 잡았다. 테러로 사랑하는 이를 잃은 사람이라고 했다. 그 사람은 사랑을 잃었던 고통보다 사랑을 가졌던 기억에 충실하기 위해 노력하고 있다고 말했다. 잃은 고통을 생각하면 누군가를 증오하다가 인생이 끝날 것이고, 그건 사랑하는 사람이 원하는 게 아닐 것이라고.

"그 사람은 누구를 미워하는 사람이 아니었어요."

그의 말에 누군가가 울었다. 곳곳에서 조용히 흐느끼는 소리가 들렸고, 잠시 후 그 울음은 작은 탄성으로 바뀌었다. 그리고 이어지는 고맙다는 말. 누군가가 그에게 말했다. 고맙다고, 마치 떠난 사람의 마음을 대신하기라도 하는 듯, 아주 고맙다고…….

집에 돌아오는 길에 연극을 함께 봤던 사람에게 언젠가는 이 이야기를 꼭 쓰고 싶다고 했고, 그는 내 이야기에 가만히 귀를 기울이다가 이렇게 말했다.

"그 이야기에 기쁘고 편안한 순간이 있으면 좋겠어. 잃은 슬픔보다 사랑한 기억이 더 큰 이야기를 써줘."

그날, 집으로 돌아와 내가 썼던 이야기의 첫 문장은 다음과 같다.

'이안, 기쁘고 편안한 존재.'

나는 이안이 나오는 이야기를 쓰기 시작했다. 빈 페이지에 이안이란 이름을 수십 번씩 쓰면서 사람은 떠났으나 사랑은 오래 기쁘고 편안하게 남아 있기를 바라는 마음을 담았다. 좋은 이야기였는지는 모르겠지만, 나는 그 이야기를 좋아한다. 마땅히 다정히 불러야 할 이름을 불러봤으므로.

시장에 있는 단골 책방에서 이안이를 처음 만났다. 이안이는 책방 앞집, 정육점 할머니의 강아지가 낳은 새끼 중 막내였는데, 성격이 활달하고 애교가 많았던 다른 형제들과는 다르게 구석에서 혼자 벌벌 떨고 있던 쫄보 강아지였다. 내가 이안이를 향해 손을 뻗자 이안이는 그 작은 발로 천천히 힘겹게 내게 왔다. 마침내 이안이가 내 무릎 앞에 당도하여 풀썩 엎어졌을 때, 나는 그 조그마한 녀석을 두 손으로 안아 올렸다. 너무 작은 이안이가 내 손바닥 안에서 새근새근 숨을 쉴 때 이상하게 눈물이 나왔다.

"네가 이안이구나."

나도 모르게 그 작은 강아지를 그렇게 불렀다. 이안이는 드디어 내 눈앞에 나타난 기쁘고 편안한 존재였다.

지난 몇 년 동안 내가 가장 많이 부른 이름은 이안이다. 이름을 부르면 까만 눈동자를 반짝이며 꼬리를 흔들고 달려와 나를 올려다보는 그 강아지가 신기하고 좋아서 나는 하루에도 수십 번씩 이름을 부른다.

이안아, 이안아.

이안이와 나는 눈처럼 날리는 벚꽃을 봤고, 더운 여름날을 헐떡이며 보냈고, 가을 해가 붉게 내려앉는 갈대

밭을 함께 달렸으며, 겨울에는 눈, 몇 번의 눈을 함께 봤다. 물론 이안이는 눈을 봤다기보다 빨간 혓바닥으로 열심히 핥아 먹기 바빴다. 젖은 코로 세상을 만지는 일과 내게 달려오는 일이 가장 좋은 녀석. 이안이에 대한 이야기를 글로 쓰자면 끝도 없이 쓸 수 있을 것 같다. 아니다, 사실은 한 페이지도 버겁다. 참 이상하지, 사랑하는 동안에는 어떤 글도 쓸 수 없다는 게. 사랑하는 동안에는 키보드가 아니라 이안이의 부드러운 털을 쓰다듬고, 화면이 아니라 이안이와 눈을 맞추고, 글자가 아니라 이안이를 안고 싶다. 사랑하는 동안에는 머리가 아니라 온몸으로, 모든 감각으로 부지런히 사랑, 그것만 하고 싶다. 아마 그것이 내가 이안이에게 배운 사랑이 아닐까.

매일 아침, 산책을 나설 때, 이안이는 현관문 앞에서 로켓처럼 튀어 나갈 준비를 하고 꼬리를 흔든다. 마당을 미친 듯이 달리고, 옥상에 올라가 뜨는 해를 보고, 볼일도 보고 화단의 냄새를 맡고 나면 내게 달려와 무릎을 안는다. 그러면 나는 몸을 숙여 이안이를 끌어안고, 내 품에 안긴 이안이는 내 얼굴을 핥고. 이안이와 함께하는 매일은 글로 표현할 수 없는 커다란 행복이다. 행복이란 말, 너무 쉬워서 싫은데 달리 표현할 방법이 없다.

오래전에 세상을 떠난 시인의 시를 읽으며 너무도

단순한 언어에 놀란 적이 있다. 아이가 썼다고 해도 믿을 수 있을 만큼 단순하고 깨끗한 말이었다. 그때는 그의 언어가 세월과 함께 다듬어졌구나, 정도로만 생각했는데, 요즘은 그의 시를 조금 더 이해할 수 있을 것 같다.

어떤 마음에 이르렀을 때 비로소 갖게 되는 언어가 있다. 설명하거나 꾸미거나 돌려서 말할 필요 없는 말, 행복, 기쁨, 편안함, 사랑. 이안이를 생각하면 사랑을 사랑이라고 말하게 된다. 까만 두 눈으로 사랑. 우리에게는 많은 단어가 필요하지 않다.

산책, 간식, 그리고 사랑이면 끝.

나는 이안이를 사랑한다. 이것은 슬픔이나 두려움, 어떤 다른 감정이 뒤섞이지 않은 순도 높은 사랑이다. 굳이 덧붙이자면 육체적 피로도가 조금 다를 뿐. 행동하고 움직여야 비로소 완성되는 사랑. 그러니 이 '사랑'은 명사가 아닌 동사에 가깝다.

사람의 나이로 치면 스물한 살이 된 이안이는 해마다 나보다 열여섯 배의 속도로 자라고 늙을 것이다. 언젠가 다가올 이별을 생각하면, 나 역시 이 사랑을 두려워해야 할지도 모르겠다. 그러나 '이안'이란 존재들에게서 내가 배운 것은 사랑하는 이를 잃었을 때, 우리의 마음은 슬픔을 넘어 그리움에 이른다는 것이다. 기쁘고 편안한 얼굴을 생각하며 오래 그리워하는 것, 그것 또한 사랑이라는 것도.

이안이를 더 사랑할 것이다. 우리의 사랑이 언젠가 기쁜 그리움이 되는 날까지 나는 나의 작은 강아지를 오래 사랑하겠다.

오래 사랑하겠다니……. 주례사 같은 문장을 이렇게 과감히 써버렸다. 그러나 누구든 이안이의 눈을 보면, 그 보드라운 털을 만지면, 내 마음을 이해할 수 있지 않을까. 장담컨대 헤밍웨이도 버지니아 울프도 어쩔 수 없을 것이다.

짧은 에필로그

이안이와 내게 필요한 단어는 산책, 간식 그리고 사랑.

거기에 하나 빠진 게 있다.

"안 돼."

이안이가 조용히 사라질 때, 눈앞에 없을 때 일단 '안 돼'를 외친다. 지금도 그렇다. 일단 "안 돼!"를 외치고 본다. 어디서 또 무슨 말썽을 부리고 있을까…….

3

다시 돌아온
계절 속에서

좋은 섬유유연제를 사는 일

좋은 섬유유연제를 사고 싶었다. 스무 살 이후 빨래를 스스로 해결하면서부터 생각했다. 좋은 섬유유연제에는 향수에 없는 '촉감'의 향기가 있었다. '정성'이나 '돌봄'의 손길을 거친 향기. 그리고 그런 향기가 나는 옷들은 어쩐지 침대 위나 서랍장 안에 각을 맞춰 정갈하게 정돈되어 있을 것만 같았다. 마치 질서 속에 안정적으로 자리 잡은 일상처럼.

질서와 안정. 나는 그 원대한 꿈을 섬유유연제에서 찾았는지도 모르겠다.

처음으로 섬유유연제의 필요성을 절감했던 것은 서울의 작은 자취방에서 살게 되면서였다. 내가 혼자 살았던 방은 월곡동의 40평 아파트. 그 아파트의 방 한 칸이었는데 거실, 주방, 안방과 다른 방들은 집주인의 것이었고 나는 현관 옆의 방 한 칸을 얻어 살았다. 쾌적한 아파트의 깨끗한 방이어서 좋다고 생각했지만, 이사하는 날이 되어서야 그곳의 치명적인 단점을 깨달았다. 그러니까 그 방은 주방이 없어 밥을 해 먹을 수도 없고, 세탁기가 없어 빨래를 할 수도 없었다. 밥이야 식당에서 해결할 수 있다지만, 빨래는 여간 불편한 게 아니었다. 작은 빨래는 욕실에 웅크리고 앉아 손으로 빨고, 큰 빨래는 본가에 내려갈 때 해결하는 수밖에 없었는데(그때는 빨래방이 많지 않았다), 큰 쇼핑백에 청바지와 티셔츠, 니트 같은 것들을 쑤셔 넣고 고속버스를 타고 집에 내려갈 때면 더러운 옷을 무겁게 들고 다니는 삶이 왜 그리 구차하게 느껴지던지. 게다가 쇼핑백이 찢어져 빨랫감이 쏟아진 일도 더러 있었다. 얼마 지나지 않아 빨래를 들고 다니는 게 너무 싫어서 큰 빨래도 손빨래로 해결하게 됐다. 그래도 빨래는 어떻게 해보겠는데, 말리는 건……. 그때 알았다. 내가 깨끗하다고 믿었던 삶은 내 노동력만으로 충분하지 않다는 것을. 빨래가 잘 마르려면 빛과 바람, 통풍이 잘되는 넉넉한 공간이 필요하다. 다닥다닥 붙여서 말린 빨래는 일단 잘 마르지 않을뿐더러, 세균이 증식하거나 쿰쿰한 냄새가 날 수도 있다. 그러니 마당이나 테라스가 있는 집, 아니면 넓은 옥상, 그것도 아니면 빛이 좋고 통풍이 잘되는 넓은 방 정도는 있어야 하겠다. 물론 그런 집들은 그때나 지금이나 비싸다. 그러니 어떤 상황에서는 햇빛이나 바람도 공짜가 아닌 것이다.

나는 방 하나를 다 차지하는 건조대 위에 널브러진 빨래를 보며 빨래를 햇빛에 말릴 수 없는 삶에 대해 생각했다. 또 그 삶을 벗어날 가능성에 대해서도.

다음 날, 나는 눈을 뜨자마자 슈퍼에 섬유유연제를 사러 갔다. 자취하는 친구가 빨래할 때 섬유유연제를 들이부으면 좋은 냄새가 난다고 알려줬기 때문이다. 섬유유연제 한 통을 사서 돌아오는 길에 한겨울의 포근한 니트나 맨살에 닿는 하얀 이불, 그런 촉감이 있는 냄새를 상상했다. 그 파란색 플라스틱 통 안에는 삶이 조금 나아질지도 모른다는 희망이 넘실거렸다. 물론 크게 달라지는 것은 없었다. 다만 조금, 아주 조금 덜 퀴퀴한 냄새가 났던 것 같다. 여하튼 빨래를 할 때마다 친구의 충고대로 섬유유연제를 부었다. 그래도 어쩔 수 없는 긴 장마철에는 조금 울고 싶었는데, 빨래, 그게 뭐라고…….

파리에서 살 때는 곰돌이가 그려진 상표의 섬유유연제를 샀다. 다른 제품에 비해 조금 더 비싸서 내 딴에는 사치를 부린 것이었다(그래봤자 몇 유로 차이 나지 않았지만). 언젠가 프랑스 친구와 함께 길을 걷던 중에 그가 무심코 지나가는 외국인에게 얼굴을 찌푸리며 "○인종은 조금 냄새가 나는 것 같아"라고 하는 말을 들었다. 그때 그 친구에게 하고 싶은 말이 많았는데 이상하게 참아버렸다. 서로 불쾌해지는 일이 싫어서, 어차피 모르는 외국인이어서…… 어쨌든 만들어내자면 이유는 많았으니까. 그러나 문득 그날의 일을 떠올리면 친구에게도 나 자신에게도 화가 난다. 참지 않았어야 했다. 누군가의 존엄을 해치는 일에는 참지 않는 게 맞다. 칸트의 말처럼 타인의 존엄을 해치는 일은 결국 자신의 존엄을 해치는 일이고, 우리는 너무 쉽게 존엄을 해치고, 존엄이 다치는 것을 방관한다. 그리고 놀랍게도 이 가해자와 방관자 들은 누구보다 상처받는 것을 두려워하는 사람들이다. 내게 섬유유연제는 방패였다. 나는 누군가에게 '이상한 냄새'가 나는 외국인이 되고 싶지 않았고, 그래서 빨래를 할 때마다 섬유유연제를 듬뿍 넣었다. 김치나 된장찌개 같은 한식도 잘 먹지 않았고, 한겨울에도 오랫동안 창문을 열어두었다. 나는 다치고 싶지 않았다.

파리의 집에도 빨래를 널 수 있는 공간은 없었다. 대신 빨래방이 있었고 그곳에는 건조기가 있었지만, 그 무시무시한 건조기는 아끼는 니트들을 모두 아기 옷으로 만들어버렸다(니트는 건조기에 돌리면 안 된다는 사실을 몰랐다). 편리함을 포기하고 싶지도, 옷값에 큰돈을 들일 수도 없었던 나는 저렴한 옷을 사서 한 철 입고 버리는 것을 택했다. 그때는 무엇이든지 싸게 사서 쉽게 버렸다. 내 생활에는 그런 식의 소비가 잘 맞는다고 생각했으니까. 물론 쉽게 사고 쉽게 버리는 삶에는 소중한 것이 별로 없었고, 거기에는 소중하지 않은 것을 입고 먹고 마시는, 소중할 리 없는 나도 포함되었다.

내게 빨래는 구차한 일이자, 구차한 것을 감추는 일이었다. 나는 왜 단 한 번도 그 일을 나를 돌보는 시간으로 생각하지 못했을까? 햇빛에 빨래를 말릴 수 없는 삶을 살았기 때문일까? 햇빛에 말리지 못한 마음을 품고 살았기 때문일까.

그러나 아이러니하게도 내가 좋아하는 풍경에는 늘 빨래가 있었다. 골목을 산책하다 낮은 담장 너머로 보이는 빨랫줄, 그곳에 걸려 있는 형형색색의 옷들, 어울리지 않는 색깔의 옷들이 함께 나란히 걸려 있는 풍경, 그런 것을 보면 사는 일은 참 구차하게 아름다웠다. 아니, 구차해도 아름다웠다. 저토록 다른 옷을 입은 사람들이 함께 산다는 것이, 나란히 걸려 있다는 것이 작은 희망 같았다. 대단한 희망이었다면 꿈도 꿀 수 없지 않았겠는가. 그저 같은 섬유유연제 향기가 나는 사람들의 각기 다른 옷이 나란히 널려 있는 삶, 나는 그 소박한 희망이 좋았다.

어제 섬유유연제를 샀다. 수많은 상품 중에서 좋은 제품을 찾는 일은 쉽지 않다. 대개는 원 플러스 원이나 두 개 사면 30퍼센트 할인되는 상품들의 유혹 앞에 크게 흔들린다. 애초에 값을 내리면 될 텐데, 요란하게 할인 전쟁을 하는 이유를 모르겠다.

요즘은 좋은 섬유유연제의 기준이 달라졌다. 향도 향이지만 가능하면 친환경 제품을 산다. 이제는 방이 아니라 작은 테라스에 빨래를 널 수 있는 삶을 살고 있지만, 미세먼지 때문에 그런 풍요도 자주 누릴 수 없다. 좋은 햇빛과 오염 물질이 없는 바람은 이제 돈을 주고도 살 수 없다. 때로는 환경오염을 일으키는 제품들, 그러니까 섬유유연제 같은 것들을 무분별하게 사용한 내 잘못일지도 모른다는 생각을 한다. 좋은 삶이란 햇빛과 바람을 돈으로 사는 것이 아니라 자연에게 잠시 빌려와 감사한 마음으로 쓰고 돌려줘야 하는 것임을, 거짓말이 아니라 단 한 번도 생각하지 못했다. 사람들이 나를 보는 시선, 나의 환경을 그대로 드러내는 냄새, 온통 '나'만을 생각하며 '나'에 매몰된 시절을 살았다는 것을 이제 조금 깨닫는다.

물론 친환경 제품을 사용한다고 안심할 수는 없을

것이다. 거기에 또 뭐가 들어 있을지 알게 뭔가. 나는 그저 돈을 내고 죄책감을 덜 뿐이다. 요즘은 내가 그토록 갖길 원했던, 스웨터나 이불 같은 '촉감이 있는 향'에 대해 생각한다. 어쩌면 모두 소비를 위한 가공된 이미지가 아니었을까. 조금만 더 손을 뻗으면 가질 수 있다고 말하는 그 친절한 격려가 우리를 허하게 만드는 것은 아닐까.

이제 나는 손에 쥘 수 없는 '질서'나 '안정'을 꿈꾸지 않는다. 그런 것들은 모두 내게 섬유유연제 광고만큼이나 허상일 뿐이다. 서랍 속에 정돈된 삶이 아닌 바람 부는 언덕 위에서 흔들리는 삶을 살아도 좋다. 춤을 추듯 자유롭게 흔들리면 그만 아닌가. 그러나 여전히 마음에 걸리는 것이 있다. 쨍한 햇빛, 시원한 바람, 맑은 공기를 누릴 수 없는 삶이 성큼성큼 다가온다는 사실을 생각하면……. 무엇이 잘못된 것인지 모르겠다. 아니, 잘 알고 있다. 다만 어디서부터 어떻게 바꿔야 할지를 모르겠다. 아니, 그것도 잘 알고 있다. 아직 포기하지 못한 편안한 삶을 향한 욕망이 남았을 뿐. 나는 반드시 나의 욕망에 대한 책임을 져야 할 것이다.

오늘은 하늘이 맑아서 테라스에 빨래를 널었다. 섬유유연제를 붓지 않아도 볕에 말린 옷에서는 볕 냄새가 났고, 드문 일이라는 생각에 어쩐지 소중하게 느껴졌다.

그리고 빨래를 개며 그것이 드문 일이라는 사실에 다시 울적해졌다. 이제 내 꿈은 맑은 공기와 좋은 햇빛에 빨래를 널어 계절의 냄새를 맡으며 사는 것이다. 물론 그 꿈은 돈으로 살 수 없다는 사실을 알고 있다.

사지 않을수록 꿈에 더 가까워진다는 것도.

고독을 위한 의자

이해인 수녀님의 책 『꽃삽』에서 「고독을 위한 의자」라는 글을 읽은 적이 있다. 고독을 첫 자리에 두고, 고독을 위해 비워놓은 의자에 그를 자주 초대해서 깊이 사귈수록 마음이 풍요로워진다는 내용이었는데, 외로움이 바깥을 향하고 고독이 내면을 향하는 것이라면, 내게도 그 고독을 위한 의자가 하나 있다.

책탑을 쌓은 서재에 놓인 라운지 의자다. 등받이가 길고 푹신해서 앉으면 파묻히는 기분이 든다. 그곳에 앉아서 고개를 들면 창 너머로 바깥 풍경이 보이고, 고개를 숙이면 아끼는 책들과 아직 만나지 못한 책들이 탑처럼 쌓여 있다.

하루가 끝나면 나는 그 의자에 앉아 잠시 시간을

보낸다. 꼭 책을 읽지 않더라도 입을 다물고 가만히 의자에 앉아서 그날에 있었던 일을 복기해보거나, 쓸데없는 걱정을 하거나, 아니면 아무 생각도 하지 않는다.

그런데 지난 한 달 동안 그 의자가 주인을 잃었다. 어쩌다 보니 행사와 강연을 많이 했고, 보내야 할 원고도, 개인적인 약속도 있었다. 그러다 보니 본의 아니게 너무 많은 말을 해버렸다. 말을 많이 하며 내가 얻은 것은 허기짐, 실수에 대한 불안이고 내가 놓친 것은 내게서 달아난 고독이다. 어떤 날은 내가 가진 언어의 총량이 있어서 말을 많이 할수록 글로 쓸 수 있는 말이 없는 것 같다. 그럴 때면 입을 다물고 나의 고독을 되찾고 싶은데……. 고독만큼 말 많은 나를 싫어하는 것이 또 있을까? 침묵과 단짝인 그것은 수다쟁이가 된 나에게 질렸는지 곁을 주지 않았다. 고독을 잃게 될까 봐 두렵다.

오늘 아침에는 고독을 되찾기 위해 이른 새벽에 일어났다. 모두가 잠든 시간이었다. 가을을 알리는 비가 추적추적 내렸다. 가을비에서는 오래된 것들의 냄새가 난다. 나무 책상의 서랍을 열었을 때, 오래된 일기장을 펼쳤을 때 나는 냄새. 이제 차를 끓인다. 찻물을 붓는 소리는 고독을 부르는 노크다. 허차서는 『다소』에서 차를 마시기 적당할 때를 정의한다.

마음이나 손이 한가할 때.

시詩를 읽고 피곤할 때.

머리가 복잡할 때.

귀를 기울여 노래를 듣고 있을 때.

노래가 끝났을 때.

쉬는 날 집에 있을 때.

금을 타며 그림을 감상할 때.

창으로 향한 책상에 앉아 있을 때.

(…)

친구를 만나고 집에 돌아왔을 때.[+]

사방이 캄캄했고, 차의 향기가 좋았고, 창문을 열자 가을 문턱에서 부는 새벽바람이 조금 차가웠다. 고독의 마음이 조금 풀어졌을까. 나는 마침내 의자에 앉았다. 오랜만에 느껴보는 혼자라는 감각! 드디어 고독과 내가 만났다.

내가 처음 고독을 마주한 곳은 파리의 아파트였다. 불행은 늘 다른 불행과 손잡고 함께 온다고 했던가. 경제적으로, 육체적으로, 정신적으로 힘든 시기였다. 또

+ 린위탕, 『생활의 발견』, 전희직 옮김, 혜원출판사, 1990, 171쪽.

왜 그토록 악몽을 자주 꿨는지……. 나는 매일 밤 무섭고 불길한 꿈을 꿨고, 그런 경험이 반복되어 불면증에 시달리게 됐다. 나는 밤마다 내가 살던 5층 아파트에서 뛰어내려 내가 나에게서 탈출하는 상상을 했다. 바람에 창문이 들썩이던 어느 겨울밤, 창을 열고 다이빙을 연습하는 사람이 수심을 가늠하듯 어둠의 깊이를 가늠해봤다. 매서운 바람이 달려들었는데 이상하게 속이 후련했다. 순간 그 위태로운 공간이 생을 닫기 위한 곳이 아니라 어둠을 향해 나를 열 수 있는 곳처럼 느껴졌다. 나는 처음으로 마음에만 담아두었던 말을 하나씩 꺼낼 수 있었다. 사는 일의 버거움과 두려움, 비루함 같은 것들. 내가 말을 꺼낼 때마다 침묵 속에서 나의 말이 대답처럼 들렸고, 그때 나는 비로소 내가 나를 얼마나 아프게 찌르고 있었는지를 깨달았다. 내게 침을 뱉고 가는 사람처럼 나는 나를 모욕하고 있었다. 그러니까 그날 고독이 내게 가르친 것은 '나에게 건네는 말'이었다. 누구도, 그것이 설사 나일지라도 내게 모욕의 언어를 던지는 것을 허락해서는 안 된다고.

그 후로도 고독과 나는 오랜 시간 많은 것을 나눴다. 당연히 하루아침에 삶이 나아질 리 없었지만, 나아지지 않는 삶으로도 나만의 이야기를 시작할 수 있다는 것을 나는 고독에게 배웠다. 고독과 내가 함께 읽고 쓰는 동안 울음이 노래로 바뀌었다면, 그것은 고독이 내게 상처도 음표와 쉼표로 쓸 수 있다는 것을, 내 안에 보기 싫게 그려진 검은 줄도 오선지가 될 수 있다는 것을 알려줬기 때문이 아닐까.

고독의 의자에 앉아 말을 건넨다. 올해 여름에는 모든 일이 너무 커다랗게 다가와 나를 흔들었지만, 이 모든 것은 그저 삶이라는 궤적의 점일 뿐이다. 나는 내가 그려나갈 궤적이 무엇인지 알지 못하지만, 점을 찍는 마음은 돌볼 수 있다. 그러니 말 없는 나의 고독이여, 이제는 우리가 기쁜 점을 찍어야 할 시간이 온 것이 아닐까. 물론 고독이 대답할 리 만무하다. 그것은 다만 침묵으로 나의 말을 내게 되돌려줄 뿐이니까.

"우리 이제 기쁜 이야기를 나눠보겠습니까?"

내가 고독에게 묻자 고독은 나에게 그 물음을 고스란히 돌려줬다.

"기쁜 이야기를 나눠보겠습니까?"

"좋습니다. 고독이여!"

나는 대답한다.

소로는 집에 세 개의 의자가 있다고 했다. 하나는 고독을 위한 것이고, 다른 하나는 우정을, 세 번째는 사교를 위한 것이다. 나는 사교를 위한 의자를 떠나 고독의 자리에 앉아 그와의 대화를 마쳤다. 그리고 이제 책상 앞에 앉아 우정을 위해 이 글을 당신에게 의자처럼 건네본다. 당신은 내가 건넨 의자에 앉아 고독과 만나 어떤 대화를 나눌까? 무척 궁금하지만, 당신과 고독, 둘만의 시간을 위해 가만히 문을 닫아주는 마음으로 이 글을 닫는다.

책 여행

이 계절이 되면 『헤세가 사랑한 순간들』을 꺼내본다. 헤세의 표현에 의하면 지금은 여름이 시든 계절, 감나무에 첫 번째 열린 열매와 함께 지난 계절이 완전히 시들어버렸다. 여름처럼 시든 것은 또 무엇이 있을까? 대답하지 않겠다. 당신은 내가 오늘 아침에 거울 속에서 본 그 얼굴을 보지 못했으니까.

계절의 변화를 체감할 때쯤에는 이상하게 어디 한 곳 시들어버린 나를 실감한다. 그중에서도 가장 많이 시든 것은 여행을 떠나고 싶은 내 마음이 아닐까. 요즘 나는 멀리 떠나고 싶은 마음이 별로 없다. 무거운 여행 가방을 메고, 끌고, 좁은 비행기를 타고, 공항에서 지루한 기다림의 시간을 보내고, 춥고 으스스한 낡은 호텔에 도착해서 뭔지 모르게 불편한 침대에서 몸을 웅크리는 상상만 해도 지금 내 방의 커다란 침대가 그렇게 고마울 수가 없다. 이렇게 나는 붙박이 인간이 되어간다. 붙박이 인간의 가장 발달한 곳은 손가락과 눈. 그 두 곳을 부지런히 움직여 책장을 넘긴다. 방구석 여행이 이제 막 시작된 것이다.

여행자들이 여행을 떠나기 전에 짐을 싸듯 내게도 소소한 준비물이 필요하다. 과자, 커피(흘렸다가 화상을 입을 수 있으니 차라리 다 식은 커피가 낫겠다), 그리고 인덱스다. 모두 손을 뻗으면 마땅히 닿는 곳에 있어야 한다. 책에 인덱스를 붙이는 내 마음은 여권에 입국 도장을 가득 찍고 싶은 욕심과 비슷하지 않을까. 나는 국경을 넘듯 마음의 경계를 폴짝 뛰어넘게 해주는 문장을 만날 때마다 입국 도장을 찍듯 인덱스를 붙인다. 오늘은 침대에 누워서 헤세의 "여름은 시들어간다"라는 문장에 인덱스를 붙였다. 아름다운 문장이라서가 아니라(아름다운 문장이긴 하지만) 시든 여름을 알아채는 사람의 시선이 내게 길을 열어줬기 때문이다. 책을 펼치기만 하면 그런 섬세한 눈을 빌릴 수 있다니 얼마나 큰 축복인가! 나는 이제 입국허가를 받은 사람처럼 헤세의 나라로 당당히 입장한다.

그 나라에서 내 시선을 단번에 사로잡은 것은 역시 자연이다. 계곡의 짙은 안개, 황금빛 숲, 밤나무, 아카시아……. 낙엽을 "대지라는 거대한 무덤을 향해 날아가는 금빛 물방울"이라고 표현한 헤세의 문장에 100년 전, 어느 가을의 맑고 차가운 공기가 내게 온다. 헤세는 자연을 바라보는 탁월한 시선을 가졌고, 섬세한 관찰자인 동시에 적극적인 개입자였다. 그의 시선은 외부에서 내부로 향한다. 관찰자로서 자연을 그리고, 자신이 관찰한 것을 통해 다시 자신의 내면과 자연을 연결시킨다. 그러니까 헤세의 자연은 자연 그 자체이면서 동시에 자연을 사랑한 헤세의 내면이기도 한 것이다. 그의 글을 따라 하룻밤 사이에 노랗게 변해버린 아카시아를 상상하다가 퍼뜩 떠오르는 문장이 있어 또 다른 책을 펼친다. 역시나 인덱스가 붙어 있다.

나무는 내게 언제나 가장 감동적인 설교자다. 나는 나무가 사람들 틈에서, 숲과 정원 속에서 자랄 때를 존경한다. 한 그루씩 따로 자라고 있을 때는 더욱 존경한다. 나무는 고독한 사람 같다. 어떤 약점 때문에 몰래 도망친 은둔자가 아닌, 베토벤이나 니체처럼 위대하면서도 고독한 사람 같다. 우듬지에서는 세상의 소리가 살랑거리고, 뿌리는 무한함 속에 쉬고 있다. 하지만 나무는 쉬면서 자신을 잃어버리지 않고 온 힘을 다해 단 하나를 얻으려 애쓴다. 다시 말해 자신의 내부에 깃들어 있는 고유한 법칙을 실현하고, 자신의 형상을 완성하며, 자기 자신을 표현하려 애쓴다.[✢]

확실한 지도를 손에 쥐고도 지도에 없는 길을 걷고 싶은 것은 이제 막 여행을 시작하는 모험가의 패기랄까. 읽던 책을 덮고 또 다른 책을 펼치며 두 개의 길을 자유롭게 오간다. 오직 마음이 끌리는 대로! 이불 속에서 책을 쥐고 있는 나는 그 누구보다 용감하다. 처음 가보는 길, 되돌아가야 하는 길, 샛길, 거침없이 선택한다. 이 여행의 목적은 방랑이니까. 헤세 역시 자신을 정주민이 아닌 '방랑자'로 일컫지 않았던가. 그에게 모든 길이 우회로였던 것처럼 내게도 그의 문장은 돌아가는 길이다. 그가 우회로를 통해 자기 내면에 이르는 길을 찾아낸 것처럼 나 역시 그의 문학을 우회하며 내 안의 가장 깊은 곳에 이르기를 원한다. 그러니 얼마나 긴 여정이 될지 짐작조차 할 수 없지만, 이불 속에 웅크린 이런 자세로, 이런 포근함 속에서 멀리 떠날 수 있다면 무서울 게 무엇인가!

헤세의 문장 사이를 한참 걷다가 그가 존경했던 나

✢ 『헤르만 헤세의 문장들』, 홍성광 엮고 옮김, 마음산책, 2022, 52쪽.

무를 생각한다. 마침 창문 너머로 보이는 감나무가 가지를 길게 뻗고 있다. 작은 담벼락에 우두커니 혼자 있는 나무. 그것만큼 고독한 나무가 또 있을까? 오래전 그 나무는 할아버지의 나무였다. 이 집에서 다른 건 몰라도 저 감나무만큼은 당신의 것이라고 농담 반 진담 반으로 말씀하셨던 할아버지는 그 나무를 정성껏 돌보셨다. 함부로 옮길 수도 없고, 어디로 데려갈 수도 없는 그것에 입술을 대고 가만히 속삭이며 매만지던 모습이 눈에 선하다. 그 시절 할아버지와 나무를 떠올리면 자연과 함께하는 삶은 소유가 아니라 교감과 연결이어야 한다는 확신이 든다.

할아버지가 돌아가시던 해, 그 감나무는 병이 들어 꼬박 한 계절을 앓았다. 처음으로 감도 열리지 않았고……. 아빠, 엄마는 돌보는 사람이 없어서 병이 들었다고 말했지만, 내 생각은 달랐다. 나는 그것이 나무의 애도였다고 믿었다. 할아버지와 나무는 연결되어 있다고 생각했으니까. 나는 때때로 나무와 만나는 것은 인간의 육체가 아니라 영혼일지도 모른다는 상상을 한다. 내게 영혼이란 게 있다면 세상에 나와 짝을 이루는 나무 한 그루쯤 있을 것이라고. 그러니 지금 외로운 당신, 나무 한 그루를 만져보면 어떨까? 헤세가 존경했던, 한 그루씩 자라는 나무라면 더 좋겠다. 고독한 순간에 자신의 내부에 깃든 법칙을 실현하고, 자신의 형상을 완성하고, 자기 자신을 표현하려 애쓰는 나무 말이다. 그런 나무를 내 안에 깊이 뿌리내리게 한다면 나는 얼마나 단단하게 홀로 서 있을 수 있을까!

그런 생각으로 자리에서 일어나 창문을 열고 감나무를 향해 손을 뻗어본다. 열매가 매달려 축 처진 가지 하나가 내 방 창가로 몸을 기울인다. 어릴 적 할아버지가 내게 쥐여주셨던 그 감과 똑같은 감 하나를 따서 한 입 베어 물자 입안에서 달콤한 맛이 스르르 퍼진다. 헤세의 나라에서 따 먹은 첫 번째 열매이자 과거의 할아버지가 미래의 내게 남겨두신 선물. 그 달콤한 감각이 또 하나의 길을 연다. 돌아가고 싶은 순간으로, 돌이킬 수 없는 시간으로 이어지는 길.

감 하나를 눈 깜짝할 사이에 해치우고 다시 이불 속으로 들어간다. 이제 침대는 나의 투어버스다. 책장을 넘기는 속도에 맞춰 헤세가 본 풍경이 창 너머로 스쳐 지나간다. 읽고 또 읽으면 내 것이 될 것만 같은 풍경들. 달리던 버스를 잠시 세운다. 지금 내 눈앞에는 헤세의 여행 가방이 놓여 있다. 3일 전부터 그의 방에 입을 크게 벌리고 있다는 그것. 나는 한 줄 한 줄 문장을 따라 그 가방을 들여다본다. 어릴 적 친척 언니의 집에 놀러 갔다가 언니의 책상 서랍을 몰래 열어봤던 그때처럼 심장이 두근거린다. 헤세는 여행 가방을 쌀 때 '실용성'을 목적으로 하는 물건들은 중요하지 않다고 했다. 그는 개인의 취향을 반영한 물건들을 신중하게 선별해서 가방에 담았다. 그는 그렇게 낯선 공간을 자신으로 만들었던 것이다. 오래전 6개월 동안 유럽을 돌아다닐 때, 가방 안에 늘 전자책과 열 번도 넘게 읽은 책 한 권을 꼭 넣어서 다녔다. 전자책은 여행길에서 새로운 책들을 만나기에 용이했고, 낡은 책 한 권은 숙소의 책상이나 나이트 테이블에 올려놓기 위해서였다. 그 책 한 권이면 어디든 내 방이 되는 마법이 일어났으니까. 손끝에 닿는 오래된 종이의 느낌, 닳은 책 표지가 주는 익숙함, 어디서든 변함없는 책 냄새, 그리고 덕지덕지 붙어 있던 인덱스. 내가 탐험한 그 문장들은 어디서든 내게 작고 아늑한 방이 되어주었다. 그때 그 책은 지금 서재 어느 귀퉁이에서 잠을 자고 있을까?

한편 헤세의 가방을 누구보다 잘 이해하던, 헤세의 친구이자 시인, 공연예술가였던 에미 발-헤닝스는 신발도 속옷도 가지고 다니지 않았다고 한다. 그런 것들은 어디서든 살 수 있으니까. 대신 마돈나 그림과 오르골이 있었다. 헤세의 취향을 담은 물건들, 박제된 새와 한 뭉치의 오래된 편지를 들고 떠나는 헤세와 그림과 오르골을 들고 떠나는 헤닝스라니! 이런 문장에 인덱스를 붙이지 않으면 어디에 붙여야 한단 말인가! 내가 막연히 상상했던 여행이 거기 선명한 언어로 적혀 있으니 말이다. 나는 가장 좋아하는 색깔의 인덱스를 골라 두 방랑자의 여행 가방 안에 들어가는 마음으로 그것을 붙인다. 지금까지 중요하다 믿으며 붙들고 있었던 것들이 몸과 마음에서 떨어져 나가고, 나는 어느새 마돈나와 오르골, 오래된 책이 되어 그들의 가방 속으로 들어간다. 무용하고 아름다운 것들, 삶은 그런 것만으로 충분하지 않을지 모르지만 여행은 다르다, 아니 달라야 한다. 나는 다시 침대에서 벌떡 일어나 헤세의 책을 가방 안에 담는다.

> 여행의 시학은 일상적인 단조로움, 일과 분노로부터 휴식을 취하는 데에 있는 것이 아니라 모르는 사람들과 함께하고, 다른 광경을 관찰하는 데에 있다. 여행의 시학은 호기심의 충족에 있는 것도 아니다. 그것은 체험에, 다시 말해 더욱 풍요로워지는 데에, 새로 획득한 것의 유기적인 편입에, 다양성 속의 통일성과 지구와 인류라는 큰 조직에 대한 우리의 이해의 증진에, 옛 진리와 법칙을 전적으로 새로운 상황에서 재발견하는 데에 있다.[+]

[+] 위의 책, 78~79쪽.

헤세는 여행이란 경험을 의미하고, 가치 있는 경험이 이루어지려면 주변 환경과의 정신적 유대가 필요하다고 말했다. 그러니 지금 그의 책을 들고 마당으로, 동네로 나간다면 새로운 여행을 떠날 수도 있으리라. 주변 환경과 교감과 유대를 나눌 줄 아는 사람, 헤세의 눈을 빌려 마당의 나무 한 그루와 매일 보는 길의 풍경으로 가치 있는 경험을 할 수 있다면, 그래, 그것은 분명 여행이리라. 우리는 깊이 교감할 수 있는 책 한 권만 있다면 어디든 떠날 수 있다!

이제 여행을 향한 나의 시든 마음에도 새싹이 움튼다. 더 멀리가 아니라, 더 깊이 떠나고 싶다. 헤세의 말처럼 삶의 근원을 향한 뜨거운 그리움과 모든 살아 있는 것, 창조하는 것, 자라나는 것과 하나 되고 싶고 벗하고 싶다는 갈망으로 세계의 비밀을 열고 싶다. 헤세의 문장으로 마음이 익는 계절, 이 가을에 말이다!

안 보이는 사랑의 나라에서

얼마 전 지인들과 술을 마셨다. 두 달 전에 아버지의 장례를 치른 D를 위로하는 자리였다. 나보다 열 살 정도 나이가 많은 지인들은 D의 아버지가 지내셨던 요양원을 잘 알고 있었다. 몇 년 전에는 사람들을 만나면 산후조리원과 아이들 교육이 화두였는데, 어느새 요양원이나 돌봄 서비스 같은 것들로 화제가 바뀌고 있다. 아이가 없고, 건강한 부모님을 둔 나는 어느 쪽이든 대화에 깊이 관여하지 못하고 겉도는 편이고, 그것이 표정에 고스란히 드러났던 모양이다.

"춘포역을 알아요?"

D는 내 술잔을 힐끗 보며 물었고, 나는 딴생각을 하다가 들킨 사람처럼 뜨끔해져 서둘러 잔을 비웠다.

"천천히 드셔도 되는데……."

말을 꺼낸 사람은 민망함에 머리를 긁적였지만, 나는 대화에 집중하지 못한 것을 서툰 방식으로라도 사과하고 싶었다.

"이야기를 듣다가 술이 식는 것도 몰랐어요."

"아, 뜨거워!"

평소에도 실없는 소리를 잘하는 D가 술잔을 들고 소리를 지르자 거기 있던 사람들이 한바탕 웃었다.

"우리 아버지도 술 식는 것을 싫어했어요."

D의 말에 누군가가 "배운 분이시네"라고 농담을 했고, D는 깔깔 웃다가 갑자기 귀를 막는 시늉을 하며 그릇 깨지는 소리가 들린다고 했다. 가만히 술잔을 보고 있으면 아버지가 술상을 뒤엎는 소리가 들리는 것 같다고. D의 아버지는 생전에 밥상, 술상을 잘 뒤엎으셨다고 했다. 국이 식어서, 술이 식어서, 마음이 식어서.

"그게 다 받아주는 사람이 있어서 그래요. 상을 엎으면 엄마들이 속이 터져도 입을 꼭 다물고 다시 차려줬잖아요. 너 알아서 살아라, 내버려뒀어야 하는데."

그곳에 모인 이들 중 결혼 생활을 가장 오래한 K의 말에 다들 고개를 끄덕였다.

D는 엎어진 밥상, 술상 같은 것은 다 옛날 일이지만, 장례식장에서 누군가의 앞에 놓인 술잔이 식는 것

을 보면서 아버지가 관 속에서 벌떡 일어나 실컷 차린 상을 뒤엎을까 봐 마음이 불안했다고 고백했다. 살면서 수없이 들었던 쨍그랑 소리가 귓가에 울리면 아버지가 오신 것도 같고, 아버지가 오셔서 반가운 것도 같고, 무서운 것도 같고, 슬픈 것도 같았다고.

D가 거기까지 이야기했을 때, 나는 그가 물었던 춘포역이 생각나 되물었다.

"그런데 춘포역은 왜요?"

"아버지가 술상을 엎고 나면 꼭 춘포역에 가셨거든요. 화를 내고 나가시면 엄마가 나보고 아버지를 따라가라고 시켰어요. 열심히 뒤를 쫓으면 늘 그 역사驛舍 앞이었고요."

"거기에는 왜 가셨을까요?"

"몰라요. 그 동네에서 혼자 있어도 이상하지 않은 곳은 거기뿐이라 그랬는지, 멀리 가고 싶었던 건지. 그래도 돌아오는 게 무서워서 아주 멀리는 못 갔던 거예요. 나는 사람의 귀소본능이라는 게 참 신기해요. 사는 게 직선이 아니라 원을 도는 일 같아요. 크게 도는 사람, 작게 도는 사람의 차이는 있겠지만, 다 돌아봐야 원래 있던 그 자리 같은데…… 아닌가요?"

D와의 대화는 거기서 끝났던 것으로 기억한다. 누군가 장난처럼 "이번 역은 춘포역입니다"라고 말했고, 우

리는 그 말에 소담하고 정겨운 간이역을 생각하며 언젠가 다 같이 그곳에 놀러 가자고 약속만 하고, 구체적인 날짜와 시간은 정하지 않고 헤어졌다.

그 모임이 있고 며칠이 지나서 단톡방에 D의 메시지가 떴다.

'춘포에 갑시다.'

읽은 사람의 숫자가 하나씩 줄어드는데 아무도 답을 하지 않았다. 나는 조금 고민하다가 오전부터 진도가 나가지 않는 일을 멈추고 답장을 보냈다.

'가요.'

인터넷으로 춘포역을 검색했다. 집에서 차로 20분 거리였다. 나는 이렇게 가까운 곳을 두고 꼭 멀리 갈 것처럼 말했던 D가 어이가 없어서 웃었다. 가방에 시집 한 권을 넣었다. 시를 한 편 읽으면 목적지에 도착할 것 같았다. 이십대, 삼십대를 보냈던 프랑스에서는 어디를 가도 너무 멀어서 챙겨야 할 게 많았다. 책 두어 권과 간식, 노트북, 다이어리 등등. 나는 무거운 가방을 들고 부지런히 유럽 땅을 밟았다. 새로운 것을 보고 싶었고, 먼 곳에 가고 싶었다. 내가 아닌 것들을 만나고 싶었고, 그런 것들을 통해 나에게서 멀리 달아나길 원했다. 그렇게 긴 여행의 종착지가 다시 여기, 고향이다. 어디를 가도시 한 편을 느긋하게 읽으면 목적지에 도착하는, 알쏭달쏭한 시처럼 속내까지 다 읽고도 아는 것 하나 없는 내 고향. 나는 이곳에 돌아와서도 여전히 낯선 곳을 여행하는 사람처럼 헤맨다. 기억 속의 장소와 지금 내가 마주한 길들이 교차하고 엇갈리면서 길을 잃는다. 전라북도 익산시. 가벼운 시집을 들고 헤매기에 좋은 이 작은 도시에서 나는 다시 시간의 이방인이 된다.

차 안에서는 창밖을 보느라 겨우 시 한 편의 제목만 읽었다. 마종기 시인의 「안 보이는 사랑의 나라」. 얼마나 멀면 안 보일까. 처음 보는 것 같은 풍경들을 바라보며 사랑의 나라를 상상했다. 내게 그런 나라가 있다면 그곳은 아마 여름일 것이다. 엄마가 나를 낳았고, 아빠가 아팠고, 할아버지와 친구가 세상을 떠났고, 결국에 잃고 얻은 것은 사랑뿐이었던 계절 말이다.

"이런 곳이 있었나 싶어요."

운전하던 K가 눈을 부지런히 움직이며 말했다. 이제는 노안이 시작되는 나이라고 하던데…… 다시 환해지는 풍경도 있는 것일까. 물기를 머금은 논, 사람 어깨까지 자란 풀, 고요하게 흐르는 강, 사람들이 부지런히 움직이는 농가와 그 집의 주황색 지붕, 털이 덥수룩한 강아지. 천천히 달리는 자동차의 창문을 열고 그런 풍경을 보고, 나무 냄새를 맡고, 풀벌레 소리를 들었다. 나는 어느 때보다 여기, 이곳의 아름다움을 선명하게 느꼈다.

춘포역에 도착했다. 우리는 술상을 엎고 나온 사람들처럼 더운 날씨에 볼이 벌겋게 달궈져 역사를 바라보며 섰다. 대한민국에서 가장 오래된 간이역. 그곳은 이제 폐역이 되어 색 바랜 저고리 같은 하늘색 옷을 입고 있었다. 일제강점기에 춘포에서 농장을 하던 일본인들이 이곳에서 군산으로, 군산에서 다시 일본으로 곡식을 날랐다고 한다. 아픈 역사가 있는 모든 장소가 그렇듯 춘포도 마을 전체가 목소리를 잃은 사람처럼 온몸으로 소리 없이 상처를 말한다. 일본 농가에서 노동력을 착취당하고 식량을 빼앗겼던 한국인들의 이야기, 도시화로 고향을 떠난 사람들과 남겨진 사람들의 이야기. 나는 그 역사 앞에 서서 할 수만 있다면 춘포의 상처를 받아 적고 싶었다. 그러면 나는 침묵을, 춘포는 목소리를 되찾을 수 있을 것만 같았다.

"이제 뭐 하죠?"

역 주변을 다 돌아봐도 20분밖에 걸리지 않는다고 중얼거리던 K가 말했다.

"조금 앉아 있다 가요."

D가 화단에 걸터앉으며 말했다.

"아까 차에서 시집 읽던데, 시나 한 편 읽어줘봐요."

나는 K의 말에 쑥스러워 고개를 저으며 도망가려 했는데, 어느새 D가 내 가방을 낚아채 시집을 꺼냈다. 그는 시집을 쓱 훑어보더니 내가 접어둔 페이지를 펼치고 큰 소리로 시를 읽기 시작했다.

"안 보이는 사랑의 나라."

D는 '아빠, 무섭지 않아?'로 시작하는 그 시를 마치 연기하듯, 자식처럼 묻고 아빠처럼 대답하며 읽었다. 그렇게 한참 시를 읽어주던 D가 "아, 여기부터가 정말 좋네요"라고 혼잣말을 하다가 입을 꾹 다물었다.

"뭔데요?"

누군가 물었고, 한동안 침묵이 계속되자 K가 답답했는지 시집을 빼앗아 낭독을 이어갔다.

아빠는 그럼 사랑을 기억하려고 시를 쓴 거야?

어두워서 불을 켜려고 썼지.

시가 불이야?

나한테는 등불이었으니까.

아빠는 그래도 어두웠잖아?

등불이 자꾸 꺼졌지.

아빠가 사랑하는 나라가 보여?

등불이 있으니까.✢

거기까지 읽었을 때 D가 말했다.

"우리 아버지도 등불이 꺼졌었나 봐요. 생각해보니 여기 앉아 있던 아버지가 꼭 불 꺼진 방 같았네요."

나는 D의 옆에 앉아 이제야 선명하게 보이는 장면들을 떠올렸다. 술을 마시고 마당에 묶인 진돗개 앞에서 밤새워 고해성사를 하던 아빠나 혼자인 시간에 일기를 쓰면서 자꾸 어깨를 움츠렸던 엄마. 내 부모에게도 등불이 꺼졌던 순간들이 있었는데……. 그때 그들의 나이가 지금의 나보다 훨씬 더 어렸을 것이다. 거기, 간이역 앞에 앉아 있으니, 어린 아빠, 엄마가 누군가 읽어주는 시를 기차처럼 타고 폐역으로 달려오는 것 같았다.

"그래서 아빠는 사랑하는 나라로 갔어요?"

잠시 멈춘 시를 재촉하듯 누군가 물었고, K는 빙긋 웃으며 페이지를 넘겼다.

아빠, 갔다가 꼭 돌아와요. 아빠가 찾던 것은 아마 없을 지도 몰라. 그렇지만 꼭 찾아 보세요. 그래서 아빠, 더 이상

✢ 마종기, 『안 보이는 사랑의 나라』, 문학과지성사, 1980, 45쪽.

헤매지 마세요.[✢]

"우리 아버지는 지금도 이 동네를 헤매고 있을 것 같아요."

D가 다 끝난 시에 운율을 덧붙이는 것처럼 말했고, 무슨 말을 건네야 할지 몰라 먼 논밭만 바라보던 우리를 대신해 풀벌레가 힘차게 울었다.

돌아가는 길에는 억새밭을 봤다. 억새라고 하기에는 아직 너무 푸른 것들이 바람에 산들산들 흔들리는 것을 보면서 우리는 또 약속을 했다.

"가을에 다시 와요."

역 너머 다리 위로 이제는 멈추지 않는 기차가 달리는 것이 보였다.

"지금 내리실 곳은 춘포역입니다."

누군가 말했고, 우리는 웃었다.

나는 역을 뒤로하고, 잃고 얻은 것은 사랑뿐인 사람들과 함께 지금은 보이지 않는 사랑의 나라를 향해 걸음을 옮겼다. 거긴 여름이고, 더는 헤매지 않는 사람들이 우리를 기다리고 있을 것이다.

✢ 위의 책, 46쪽.

짧은 에필로그

이사를 했다. 춘포에서 살게 됐다. 나는 내가 장소를 선택하는 것이 아니라 장소가 나를 선택하는 것이라고 믿는다.

계속 쓰는 사람

지금 내 앞에는 40년 된 작은 테이블이 있다. 모서리와 다리에 상처가 많은 식탁이다. 뾰족한 것에 찔리고 긁힌 흔적들. 모두 '무심코'였을 것이다. 칼로 음식을 썰다가, 컵이나 포크를 쥐고 있다가 무심코 툭.

무심한 사람의 손만큼 뾰족하고 아픈 게 없다.

식탁 위에 책을 쌓아 올린다. 프랑스까지 무겁게 들고 온 번역할 원서 두 권과 읽어야 할 책 몇 권. 가방에 넣었다가 뺐다가 몇 번을 망설였지만 결국 두고 오지 못했다. 겨우 20일 머무는 일정에 그 책들을 모두 읽을 리 없다는 사실을 누구보다 잘 알고 있다. 그것은 나의 욕심과 불안, 부담 같은 것. 나는 언제나 그렇게 무거운 것을 들고 다닌다.

단행본 원고를 송고한 날, 침대에 누워 더는 못 쓸 것 같은 불안감에 사로잡혔다. 오만한 생각인지 알면서도 바닥난 기분은 쉽게, 자주 찾아온다. 충동적으로 비행기 티켓을 샀다. 나를 지키는 본능이라고 해두자. 나는 내 마음이 닳고 있다는 사실을 누구보다 빨리 눈치채고 있었으니까. 내게 무심은 마음이 없는 게 아니라 마음이 닳아진 상태이고, 무심해진 나는 뾰족한 말과 생각으로 나를 찌른다. 그러니 내게 필요한 것은 무심한 나로부터 멀어지는 일, 위태로운 나를 떠나는 일이었다.

꼬박 스물여섯 시간이 걸린 여행 끝에 노르망디, 에브뢰 근교에 위치한 시가媤家에 도착했다. 이곳은 아무것도 변한 게 없다. 울타리가 낮은 집들과 높게 자란 나무가 만드는 풍경도, 떠나지 않는 이웃도 모두 그대로다. 세월의 흔적은 있지만 어느 한 군데도 닳지 않았다. 언젠가 50년 된 주택과 100년 된 농가 앞을 지나가며 시부모님에게 오래된 집을 지키는 방식을 물은 적이 있다. 그들은 내 질문에 자부심 가득한 목소리로 이렇게 답했다.

"닳지 않도록 꾸준히 돌볼 것, 어쩔 수 없는 상처와 흠집을 무늬로 받아들일 것."

닳지 않게 꾸준히 돌본 집의 문을 열었다. 흠집이 무늬가 된 들보와 가구들이 보인다. 오래됐지만 정갈하고, 구석구석 사람의 손이 안 닿은 곳이 없다. 시부모님은 해마다 집을 조금씩 수리하신다. 새 집으로 탈바꿈하는 게 아니라 원래 있던 집을 달래고 어루듯 이곳저곳을 만지신다. 팬데믹 동안 오지 못한 사이에 정원에 텃밭이 생겼고, 장작을 보관하는 창고가 깨끗이 수리됐다. 퇴직한 시아버지의 솜씨라고 들었다. 시아버지는 매일 망치와 삽을 들고 집을 만지고, 돌보는 일이 평생 해온 사무직보다 더 적성에 맞는다며 웃으셨다. 텃밭에는 울타리가 반쯤 만들어져 있다. 나머지 반은 내년쯤에 볼 수 있을까.

"서두를 것 없지."

시아버지가 말했다. 그는 매일 무언가를 만들고 고치는 중이다.

짐을 풀자마자 복도 끝의 빈방으로 달려가 문을 열었다. 옛 물건들을 보관해두는 창고 같은 방이다. 상처

많은 식탁과 흔들리는 의자와 옷장이 있고, 옷장의 문을 열면 절판된 문고판 책들과 앨범, 여행 기념품 같은 것이 쏟아져 나온다. 창 너머로는 텃밭이 보인다. 반만 완성한 울타리가 제법 재미있다.

연애 시절에 처음 시가에 왔을 때부터 내 눈길을 끌었던 것이 바로 이 빈방이었다. 복작거리는 식구들 사이에서 잠시 빠져나와 그곳에 혼자 머무는 시간을 좋아했다. 특히 식탁 앞에 앉으면 옷장 문이 열리듯 내 안의 문이 열렸고, 말로 할 수 없었던 것들이 순식간에 쏟아져 나왔다. 버리고 싶지만 버릴 수 없는 것, 감추고 싶으면서 동시에 들키고 싶은 것, 그러니까 쓰지 않고는 배길 수 없는 것들. 그 식탁 앞에서 첫 책의 첫 문장을 썼던 날을 기억한다. 온 힘을 다해 몇 시간 끝에 겨우 한 줄. 그날 그 한 줄을 쓰고 일기장에 이런 기록을 남겼더랬다.

"나는 쓸 수 있는 사람이 됐다."

쓸 수 있는 사람, 얼마나 가슴 벅찬 말인가.

다시, 그 식탁 앞이다. 몇 년 전에 그랬던 것처럼 식구들이 잠든 새벽에 노트북을 품에 안고 슬그머니 방에 들어와 글을 쓴다. 내게 주어진 시간은 아침을 먹기 전까지 두어 시간. 예전에 나는 그 시간 동안 겨우 한 문장을 써도 불안하지 않았다. 그것은 탄생의 신호였으니까.

조급한 마음에 곧 태어날 세계를 포기해버리는 무심함을 그때는 알지 못했으니까.

식탁을 더듬으며 오래전에 한 문장을 쓰던 기쁨을 떠올린다. 딱 나만큼 불안정한 문장에 마침표를 찍을 수 있는, 마침표를 찍은 후에도 다음 문장을 쓸 수 있는 그 다정한 세계가 다시금 나를 끌어안는다. 어쩌면 조금 더 쓰고 싶은 사람이 되지 않을까. 오늘의 마침표가 완전한 결말이 아니라는 것을 잊지 않는다면…….

콜레트는 본질적인 예술이란 "기다리고, 감추고, 부스러기를 모으고, 다시 붙이고, 다시 금박을 입히고, 가장 나쁜 것을 그렇게 나쁘지는 않은 것으로 바꾸는 법을 배우는, 저 시시함과 인생의 맛을 잃는 동시에 회복하는 법을 배우는 내면의 업무"✢라고 말했고, 나는 이곳에 돌아와 비로소 내게 글쓰기가 그런 일이라는 사실을 깨닫는다.

글을 쓰는 나는 무언가를 얻고, 잃고, 부서뜨리고, 붙이며 나아간다. 내 글은 언제나 상처와 흠집의 기록이고, 내 문장은 여전히 흔들리지만, 거기서부터 회복이 시작되리라는 것을 안다. 오늘의 마침표는 완전한 끝이

✢ 대니 샤피로, 『계속 쓰기』, 한유주 옮김, 마티, 2022, 58쪽에서 재인용.

아니다. 내게는 늘 다음 문장이 남아 있다. 나는 그렇게 계속 쓰는 사람이 될 것이다.

풍경 속으로

이른 새벽에 일어난다. 이제는 알람을 맞추지 않아도 자연스럽게 눈이 떠진다. 몇 년 전까지만 해도 이불 속에서 사투를 벌이다가 일어나 부리나케 책상 앞에 앉곤 했다. 머릿속에 형체 없이 떠다니는 무언가를 열심히 좇으며 단 한 줄이라도 쓰고 싶었다. 그 절실했던 시간에 글은 삶보다 저만치 앞서 있었고, 나는 늘 초조했다. 무엇을 써도 만족스럽지 않았던 것은 내가 써야 할 것이 나보다 훨씬 나은 것이어야 된다고 생각했기 때문이다. 지금은 아니다. 나는 더 이상 글을 좇지 않는다. 내가 좇는 것은 계절, 일출, 일몰, 달, 별, 빗소리. 그러니까 단 한 번도 같을 수 없는 모든 순간이다.

"해 뜨는 거 보러 가자."

그렇게 이불을 걷어차며 벌떡 일어나는 하루의 시작이 좋다. 지금의 나는 그렇다.

한때 내가 사랑했던 모든 순간은 '너머'에 있었다. 창문 너머, 길 너머, 바다 너머, 시간 너머. '너머'에 있는 모든 곳은 내가 속해본 적 없거나 더는 속하지 않는 세계였고, 나는 그 거리감이 좋았다. 환상과 기대가 안전하게 지켜지는 거리. 그것이 내 사랑의 방식이었을 것이다. 나는 언제나 우리 사이의 거리가 우리를 지켜준다고 믿었다.

아침저녁으로 제법 서늘해진 날씨에 카디건을 챙겨 입는다. 오래 입은 옷이 몸에 닿는 편안함이 좋다. 나보다 더 부지런한 이안이가 종종걸음으로 다가와 내 무릎을 안는다. 그 털북숭이는 작은 난로다. 닿지 않고 줄 수 있는 온기가 있었던가? 다가가지 않고 안는 방법이 있었던가? '너머'에 있었던 모든 것을 떠올려본다. 뒷걸음질로 '너머'에 두고 왔던 모든 것을. 그래서 나는 상처 입지 않았던가? 나의 그 안전한 사랑들은 잘 지켜졌던가?

어쨌든 오늘 나는 뜨는 해를 보기 위해 저기 길 너머를 향해 간다. 저쪽에도 우리 집 창문 너머로 보이는 것과 다를 게 없는 태양이 뜬다는 것을 알고 있지만, 그런 아름다움은 손에 잡히는 것이 아님을 알고 있지만.

그럼에도 가보고 싶다. 나는 지금 내가 아름답다고 여기는 것을 향해 가고 있다.

"가는 길이 참 예뻐."

해 마중을 하러 가는 길에는 몇 번이고 같은 말을 하게 된다.

"참 예뻐."

마중 길의 동반자도 늘 똑같이 대답한다.

내게는 대부분의 길을 함께 걷는 사람이 있다. 나는 그를 '남편'이나 '신랑' 같은 말로는 소개하고 싶지 않아서 '반려인'이라고 부른다. '짝이 되는 사람'이라는 사전적 의미를 보자면 틀린 말은 아니지만, 함께 걷는 이런 순간에는 어쩐지 부족하다는 느낌이 든다. 같이 걷는 그를 설명하기에 더 좋은 말은 '동반자'인 것 같다. '어떤 행동을 할 때 짝이 되어 함께하는 사람', '어떤 행동을 할 때 적극적으로 참가하지는 아니하나 그것에 동감하면서 어느 정도의 도움을 주는 사람'. 그는 내 마음에 동감하고 내 삶에 도움을 주며, 나의 행동에 짝이 되어주는 사람이다. 나는 그가 저 멀리서 내 이름을 부르며 달려와 가만히 옆에 서주는 것이 좋다. 내 걸음은 조금 빨라지고 그의 걸음은 조금 느려져 우리가 같은 속도로 걷는 것이 좋다.

"아, 그런데 이러다 해 뜨는 거 놓쳐. 조금 빨리 걷자."

이렇게 나를 재촉할 때도 있지만.

그의 큰 발로 반보씩만 앞으로 나아가면서.

골목은 아직 어둡고 고요하다. 새벽잠 없는 동네 노인들은 밤이슬 내린 마루를 닦거나 집 앞의 어둠을 빗자루로 쓴다. 모두 말이 없다. 한 사람이 태어나 말문을 열고, 말을 배워 채우고, 말을 뱉어 비우고, 다시 말문을 닫는 이 과정이 나는 너무 애틋하게 느껴진다. 할머니도 그랬다. 할머니는 말이 예쁘지 않은 사람이었고, 나는 '계집년' 또는 '망할 년'으로 시작되는 할머니의 문장을 견딜 수 없어 책 속으로 달아나고는 했다. 산책과 사색을 즐기고 살롱에서 낭독회를 열거나 카페에서 토론을 즐겼던 작가들의 지적인 언어, 속도나 술이나 마약으로 자신을 파괴하는 순간에도 우아한 현악기 같은 소리를 내는 언어, 그런 말들은 내가 듣고 자라는 말과 달랐다. 그런 말들은 멀리 있었고, 멀리 있는 것은 언제나 그렇듯이 아름다웠다. 나는 그 말을 손에 쥐기 위해 얼마나 열심히 책을 읽었던가. 그러고 보면 읽는 일은 내가 유일하게 적극적으로 했던 사랑이었을지도 모르겠다. 내게 독서는 저 멀리 있는 아름다움에 손을 뻗어보는 일이었고, 더 나은 쪽으로 걸음을 옮기는 일이었으며, 내게 없는 말을 감히 훔쳐 오는 일이었으니까. 아, 얼마나 탐스러운 말들이 그 안에 있었던가. 게걸스럽게 삼키고 싶었던 말들. 내 것과 바꾸고 싶었던 말들. 지금 내 안에 축적되어 나를 쓰게 하는 말들.

할머니는 돌아가실 무렵에 모든 말을 잃었다. 임종 직전에는 내 손을 잡고 가만히 고개를 끄덕이기만 했다. 그것이 할머니가 내게 남긴 가장 아름다운 말이었던 것 같다. 발인을 마치고 돌아온 날, 수첩에 할머니의 말을 기록해뒀다.

'마지막 말, 끄덕임.'

때때로 나의 말들이 사라지는 날을 상상해보곤 한다. 꼭 생체적 죽음이 아니더라도 종이 위에 쓰는 모든 말들이 고갈되는 날이 오지 않을까. 내 안에 말이 차올라서 쓰지 않으면 안 될 것 같은 시간이 있다. 내 안의 말이 점점 비워져 바닥을 보이는 게 두려운 날도 있다. 내가 말들의 고갈을 걱정할 때마다 나의 동반자는 내게 이렇게 말한다.

"그럴 리 없잖아. 네가 삶을 쓴다면 삶이 멈출 때까지 너의 이야기는 멈추지 않을 거고, 너의 이야기가 멈추지 않으면 너의 말은 끝나지 않을 테니까."

내가 사는 동안 멈추지 않는 이야기는 어떤 것일까? 지금은 태어날 이야기들을 가만히 바라보고 귀 기울여 듣는다. 때때로 그것은 침묵으로 자라기도 한다. 나무처럼. 내 안에 한 그루, 두 그루, 침묵의 나무가 자란다. 이 나무들이 자라 숲을 이루면 고요가 될 것이다. 어쩌면 그때 나는 끄덕임을 쓸지도 모르겠다.

골목을 빠져나와 둑길을 걷는다. 산 위로 해가 솟아오르는 것이 보인다. 어둠 속에서 새빨갛게 모습을 드러내는 해를 보면 메리 올리버의 어느 글귀가 떠오른다.

> 당신은 누구인가? 그들이 마을 가장자리에서
> 　외쳤다.
> 나는 당신들과 하나다, 시인이 소리쳐 대답했다.
> 비록 그는 바람 같은 차림새였고, 비록
> 　그는
> 폭포처럼 보였지만.⁺

푸른 어둠을 빠져나오는 빛은 시인 같다. 그 시인은 세계를 향해 "나는 당신들과 하나다"라고 외치고, 나는

⁺ 메리 올리버, 『긴 호흡』, 민승남 옮김, 마음산책, 2019, 28쪽.

고개를 끄덕인다. 글귀 하나면 잠시 메리 올리버의 눈을 가질 수 있고, 그 순간만큼은 내 안에 어떤 말이 태동하고 있음이 느껴진다. 감탄하고, 기뻐하거나 슬퍼하고, 바라고, 기억하면서 나아가고자 하는 곳으로 걸음을 옮긴다면 나의 말은 매 순간 새로운 탄생을 맞이하지 않을까. 어쩌면 메리 올리버는 그런 탄생을 놓치지 않기 위해 30년 넘게 뒷주머니에 공책을 가지고 다녔을 것이다. 가로 8센티미터, 세로 13센티미터의, 손으로 꿰매어 만든 것 같은 공책. 한때는 나도 메리 올리버를 따라 노트를 들고 다닌 적이 있었으나 여기에 옮길 만한 내용은 없다. 대신 이따금 그의 책을 노트처럼 손에 들고 걷는다. 지금 내게 필요한 것은 감탄하고 발견하는 시인의 눈, 기꺼이 풍경 속으로 걸어 들어가는 시인의 걸음이다.

> 나는 언어를 자기 기술記述의 수단으로 생각하지 않았다. 나를 지나가는 문—천 개의 열린 문들!—이라고 생각했다. 주목하고, 사색하고, 찬양하고, 그리고, 그리하여, 힘을 갖는 수단으로 생각했다. (…) 나는 아무것도 하지 않는 것, 조금 하는 것, 진정한 노력이라는 구원적 행위의 차이를 보았다. 읽고, 그다음엔 쓰고, 그다음엔 잘 쓰기를 열망하는 것, 그 가장 즐거운 환경(일에 대한 열정)

이 내 안에서 형태를 갖추었다.[+]

구원적 행위로서 진정한 노력이란 어떻게 이뤄져야 할까? 읽고, 쓰고, 더 잘 쓰기를 열망하는 일에 대해서 생각한다. 시인은 무언가를 만들어내기 위해 우선 기존의 것에 마음을 빼앗기고 사로잡혀야 한다고 했다. 시를 사랑하고 시를 짓는 사람이 되기 위해서는 시 한 편을, 그다음엔 몇 편을 사랑해야만 한다고 했다. 우리가 올리브라는 지중해 열매를 즐겨 먹게 된 건 올리브의 관념 때문이 아니라 한 입, 또 한 입 맛보며 더없는 행복에의 확신이 그 범주에, 그 열매 자체의 개념에 결합되었기 때문이라고 했다. 나는 지금 그의 말을 줍고, 맛보고, 삼키며 관념을 구체적 경험으로 만드는 중이다.

사위가 환하다. 어둠을 말끔히 쓸어낸 길을 걸으며 다시 집으로 돌아간다. 오리가 포물선을 그리며 날았다. 멀리 훨훨 날아간 것은 아니지만, 억새밭에서 우아하게 날아올라 강물에 착지했다. 오리는 이제 물 위를 미끄러져 내려간다. 메리 올리버는 이런 순간에 노래 하나가 떠오른다고 했다. 음악적이라서 노래라고 말하지만, 사

[+] 위의 책, 49~50쪽.

실은 그냥 말들이라고. 지금 내 안에도 그런 것이 흐른다. 단순하고, 겸허한 말들. 어디서든 무릎을 꿇고 땅에 키스하는 말들. 강물은 힘차게, 흐름을 거스르지 않고 흐른다. 나의 말들도 겸허하게 태어나 힘차게 순응하며 흐르기를.